Im Garten des Lebens

AF216283

Ilse Roses Geschichte beginnt mitten im zweiten Welt-
krieg. Ihre Mutter flüchtet mit ihr und ihren Brüder aufs
Land nach Rosenthal. Dort erwacht Ilses Liebe zur Natur. Immer wieder legt das Leben ihr Steine in den Weg,
die sie mit ihrer ganzen Kraft beiseite räumt. Begleiten
wir die tapfere Frau auf einer Zeitreise durch ihr Leben.

Autorin

Tanja Heinze, 1975 in Wuppertal geboren, lebt und
arbeitet in dieser Stadt bis heute. Sie studierte Philosophie
an der Bergischen Universität Wuppertal.

Romane

Der Schnee des letzten Sommers,
Leipziger Literaturverlag
ISBN: 3-934015-66-2

Donna Juana,
Leipziger Literaturverlag
ISBN: 3-934015-84-0

Das Lächeln der Teddybären,
BoD Norderstedt
ISBN: 978-3-7448-7795-4

Im Garten des Lebens,
BoD Norderstedt
ISBN: 978-3-7448-6564-7

TANJA HEINZE

Im Garten des Lebens

Roman

Bibliografische Information der Deutschen Nationalbibliothek
Die Deutsche Nationalbibliothek verzeichnet diese Publikation in der
Deutschen Nationalbibliografie; detaillierte bibliografische Daten sind
im Internet über http://dnb.dnb.de abrufbar.

Umwelthinweis:
Alle bedruckten Materialien dieses Taschenbuchs sind chlorfrei und
umweltschonend.

Erste Auflage Juli 2017
© 2017 Tanja Heinze
Satz, Umschlaggestaltung, Herstellung und Verlag:
BoD – Books on Demand
ISBN 978-3-7448-6564-7

Umschlagfoto: Fotostudio Hosenfeldt Wuppertal
Umschlaggestaltung: Tanja Heinze und BoD
Lektorat: Dr. Norbert Brieden

Prolog

Bomben auf Wuppertal, Juni 1943

Anna Schäfer lag schlaflos im Bett. Seit der Nacht vom neunundzwanzigsten auf den dreißigsten Mai 1943 ließ ihre Angst sie nicht mehr zur Ruhe kommen. Sie hatten sich sicher gefühlt in Wuppertal, der Stadt unter der Dunstglocke. Bis zur besagten Nacht hatten die Alliierten keine Großangriffe auf Wuppertal unternommen. Anna und ihre vier Kinder waren an Fehlalarme gewöhnt gewesen, an das ständige Verkriechen im mit Sandsäcken abgesicherten Keller. Schwer atmend drehte sich die Frau mit geöffneten Augen auf die andere Seite. Sie trug ein einfaches Leinenkleid. Um ihre Jacke und die Tasche, in der sie wichtige Dokumente aufbewahrte, zu erreichen, müsste sie nur auf die Kommode neben dem Bett greifen. Anna war einunddreißig und ein lebensfroher Mensch. Bis zum Ausbruch des zweiten Weltkriegs in der Nacht zum fünften September 1939 war sie mit ihren üppigen Rundungen, ihren dunkelbraunen Augen und ihren schwarzen, halblangen Haaren eine anziehende Person gewesen. Ihre roten Wangen und ihr geselliges Wesen hatten nicht nur ihren viel zu früh im Krieg gefallenen Mann Otto begeistert. Jetzt jedoch saßen ihre Kleider locker, und Sorgenfalten waren in ihr breites Gesicht gegraben. Um elf Minuten nach Mitternacht hatten im Mai die Alarmsirenen zu heulen begonnen. Mit einem Fehlalarm rechnend, war sie zum Wintergartenfenster geeilt. Anschließend war alles ganz schnell gegangen.

Ausreichend Zeit, um einen Bunker zu erreichen, war nicht mehr gewesen. Sie hatte die Avro Lancaster Bomber der Engländer bereits in der Ferne hören können. Die Flugabwehr des Deutschen Reichs hatte sich überlisten lassen und viel zu spät die Bevölkerung gewarnt. Anna war mit ihren kleinen Kindern Wilhelm, Ilse, Gerhard und Rolf in den Keller geflüchtet. Wie durch ein Wunder war das Haus in der Emmastraße unversehrt geblieben. Die Schäfers hatten den Luftangriff auf Barmen überlebt. Achtzig Prozent der bebauten Fläche wurden laut der Analyse der britischen Luftwaffe durch das Feuer zerstört. Fünf der sechs größten Fabriken sowie zweihundertelf weitere industrielle Anlagen wurden dem Erdboden gleich gemacht. Stöhnend richtete Anna sich auf. Ihre innere Unruhe machte sie zittrig.

„Sie werden kein zweites Mal angreifen", redete sie sich beruhigend zu. „Es ist alles zerstört. Sie haben keinen Grund mehr." Sie griff nach einem Streichholz und zündete die Kerze auf der Kommode an. Im schwachen Schein des flackernden Lichts schaute sie auf ihre Armbanduhr. Es war ein Uhr an einem warmen Sommermorgen. Der Kalender schrieb den fünfundzwanzigsten Juni. Früher war es ihnen gut gegangen. Otto und sie hatten eine gute Ehe geführt. Er hatte in einer Bank gearbeitet und sie gewissenhaft versorgt. Die Wohnung in der Emmastraße war modern eingerichtet und großzügig geschnitten. Außer einem Herrenzimmer, welches dem Hausherren als Rückzugsort gedient hatte, und einem sehr großen Schlafzimmer mit Platz für die Eheleute und die drei Kinder gab es noch ein Wohnzimmer, eine schmale Küche, ein geräumiges Bad und sogar eine Gästetoilette. Otto hatte die Geburt seines dritten Sohnes nicht mehr erleben dürfen. Anna hatte das Herrenzimmer nach Ottos Tod zum Kinderzimmer umfunktioniert. Lediglich der dreijährige Rolf lag neben ihr im Ehebett.

„Mama", murmelte dieser schläfrig. Die Unruhe der Mutter hatte ihn aufgeweckt. Auf seiner glatten Stirn glänzte Nachtschweiß. Es war stickig im dunklen Zimmer.

„Schlaf weiter, Rolf. Mama muss zur Toilette", sagte Anna. Sie lächelte ihr Kind tapfer an. Sie trug eine schwere Last auf den breiten Schultern. Nach Außen bewahrte sie immer die Ruhe. Das war sie den Kindern schuldig. Leise öffnete sie die Tür. Langsam ging sie vorbei an den drei kleinen Betten. Ilses mittelblonder Haarschopf mit der zeitgemäßen Landmannstolle ruhte friedlich auf dem Kopfkissen. Die Sechsjähre schlief ruhig. Auch der achtjährige Wilhelm und der vierjährige Gerhard schliefen regungslos. Annas Schritte wurden schneller. Das Wintergartenfenster im Wohnzimmer schien sie zu rufen. Anna schob sorgsam die schwarzen Decken, die sie zur Verdunklung verwendete, beiseite.

„Um Himmels Willen, Elberfeld", entfuhr es ihr. Im Osten Wuppertals leuchteten grelle Lichter am Himmel. Sie sahen aus wie brennende Christbäume. So wurden die ersten Raketen bezeichnet. Die Zielmarkierer `De Havilland Mosquito´ wiesen den Bombern den Weg. Wie der Donner dem Blitz folgt, folgte nun der Lärm. Sirenen heulten, Bomben detonierten, der Himmel leuchtete rot und weiß über Elberfeld. Annas Gedanken überschlugen sich. `Elberfeld ist das Hauptziel, wir haben Zeit, wir haben Zeit.´ Sie rannte zurück ins Herrenzimmer.

„Ilse", schrie sie. Das Mädchen sprang wie dressiert auf. Sie wusste, was zu tun war. Eilig weckte sie die Brüder. Auch diese reagierten sofort. Die drei fassten sich an den Händen und machten sich auf den Weg in den Keller.

„Nein", rief Anna aus dem Schlafzimmer. Mit Rolf auf dem Arm eilte sie zu ihren anderen Kindern. „Ich bring euch zum Bunker."

Ängstliche Gesichter schauten zu ihr auf.

„Los jetzt", befahl Anna energisch. Die fünf verängstigten Menschen liefen los. Der Bunker war nicht weit entfernt. Eine Straßenecke weiter war er gut erreichbar. Die aus den Häusern eilenden Menschen stauten sich am Eingang. Einige weinten, einige schwiegen, einige riefen laut um Hilfe. Vereinzelt detonierten die Bombenfehlabwürfe, die statt Elberfeld doch Barmen trafen.

„Ihr bleibt hier", sagte Anna bestimmt. „Wilhelm, pass auf deine Geschwister auf."

Der älteste Sohn nickte tapfer. Schon früh hatte er lernen müssen, in der Familie die Vaterrolle zu übernehmen.

„Kommen Sie doch rein, Frau Schäfer", rief eine Nachbarin.

„Ich muss nach Elberfeld", erklärte Anna bestimmt.

„Sie müssen warten, es ist noch zu früh", mahnte die freundliche Frau. Sie griff nach Annas Arm und versuchte sie ins Innere des rechteckigen Bunkers zu ziehen.

„Die haben ihr Werk lange beendet, bis ich am Ölberg angelangt sein werde", beteuerte Anna, die Hand der Nachbarin von sich schiebend. „Haben Sie ein Auge auf meine Kinder", sagte sie bittend. Sie drehte sich um und lief Richtung Osten.

'Wuppertal ist keine Stadt mehr', dachte sie, während

sie Barmen hinter sich ließ. Sie war die Friedrich-Engels-Allee entlanggelaufen. Völlig zerstörte Häuser hatten den Weg gesäumt. Die vereinzelten, intakten Gebäude wirkten wie Mahnmale auf die junge Frau. „Das ist das Fegefeuer", sagte sie zu sich selbst, als sie den Ölberg erreichte. Alles brannte, und es stank fürchterlich. Verkohlte Leichen lagen in ausbrennenden Ruinen. Überlebende standen wie erschlagen vor den Resten ihrer Existenzen. Anna zog ihre Wolljacke aus. Sie versuchte, Augen, Nase und Mund vor dem Rauch zu schützen. Sie ließ sich nicht beirren. Entschieden setzte sie ihren Weg fort. Sie musste wissen, ob die Schwiegereltern überlebt hatten. Militär, Polizei und Anwohner gaben ihr Bestes, um die Brände in den Griff zu bekommen. Es war mittlerweile kurz vor drei Uhr am Morgen. Keiner beachtete mehr den Himmel. Die Engländer hatten ihr Werk vollendet.

„Anna", hörte sie jemanden rufen. Sie fragte sich, ob es die Schwiegermutter sei.

„Emma?", rief sie fragend in den schwarzen Nebel.

Zwei Schatten kamen auf sie zu, langsam, sich an den Händen haltend. Eine kleine, hagere Frau, die Anna bloß bis zu den Schultern reichte, an der Seite eines großen Mannes, der einen Fuß nachzog. Es waren Emma und Paul Schäfer. Vor Erleichterung kamen Anna die Tränen. Wortlos fielen sich die zwei Aschegestalten und die große Frau in die Arme. Einige Minuten schwiegen sie gemeinsam, sich langsam voneinander lösend. Anna musste nicht fragen. Der Ölberg war ausgebombt. Die Schäfers hatten keine Heimat mehr.

„Kommt mit", sagte Anna leise. „Wir gehen nach Barmen zum Bunker."

Teil 1

Rosenthal

Bergerland, Juni 2016

Die Tür der kleinen Holzhütte steht weit offen. In der Luft liegt der Duft von frisch gemähtem Gras und Düngemittel. Von ihrer Bank aus kann sie die Kühe auf der Wiese grasen sehen. Es ist ein warmer, sonniger Nachmittag. Eine Jacke braucht sie heute nicht. Sie hat sie im Inneren des Häuschens zurückgelassen. Vor ihr auf dem Tisch steht ein großer Becher, der mit dampfendem Kaffee gefüllt ist. Auf der im bayerischen Stil blauweiß karierten Tischdecke warten drei Waffeln mit etwas Marmelade darauf, verspeist zu werden. Sie hat sie nur für sich gebacken. Besuch bekommt sie fast nie mehr. Noch vor wenigen Jahren war das anders. Hier tobte das Leben. Viele Menschen waren zu Gast an den Wochenenden; Familie, Freunde, Kollegen und Chormitglieder. Jetzt sind alle zu alt geworden. Entweder trauen sie sich nicht auf die abgelegene Insel im Bergerland, oder sie sind zu alt, um die steile Wiese hinabzusteigen, die vom Bauernhof zu Ilse Roses Holzhütte führt. Bald wird die Zeit gekommen sein, Abschied zu nehmen von ihrem Garten Eden. Ilses Blick richtet sich auf die Holzkübel, die mit leuchtenden Blumen bepflanzt sind. Die vielen Schnecken fressen das Saatgut auf. Die Pflanzen in den Kübeln bleiben unversehrt. Ilse widmet sich den Waffeln. Jeder liebte ihre Backwerke, und die Waffeln waren besonders begehrt. Sie lässt sich Zeit mit dem Genuss. Niemand wartet mehr auf sie. Ihr Mann, Hartmut Rose, verstarb bereits vor zwei Jahren. Ab und zu vermisst sie ihn, doch es gibt viele Tage, an denen sie ihre völlige Freiheit genießt. Hier auf der Hütte verbringt sie ihre Wochenenden seit vielen Jahre ohne Hartmut. Nach seiner anfänglichen Begeisterung und der Renovierungsphase verlor ihr Mann rasch das Interesse an der ländlichen Ruhe und Umgebung. Ilse empfing allein ihre vielen Gäste. Das Ehepaar arrangierte sich. Einen Teil ihres Weges gingen sie miteinander, einen anderen Teil blieben sie getrennt. Ilse nimmt ihr Geschirr, steht auf und geht ins Innere der Hütte. Alles ist klein, doch es genügt ihr. Kleine Schäfchen sitzen friedlich neben Füchsen auf den Fensterbänken. Blauweiße Tonkrüge dekorieren die Holzschränke, auch hier schmückt eine rotweiß karierte Decke den Tisch. An den Wänden hängen eingerahmte Tuschezeichnungen von der Hütte, den Tieren und dem Land. Hartmut, der Architekt, zeichnete viele Motive für sie. Verkaufen wollte er seine Werke nicht. Er scheute die Öffentlichkeit.

„Talent hatte er, der Hartmut", sagt Ilse lächelnd. Sie streicht mit dem Finger über die Skizze einer Katze. Kurz seufzend, wendet sie sich der Schublade des Schrankes neben der Eingangstür zu. Sie entnimmt ihr ein großes Schreibheft und einen Kugelschreiber. Die Schreibutensilien in den Händen haltend, kehrt sie zurück zur Außenbank. Ein Sonnenschirm schützt sie vor zu viel Sonne. Vor einigen Jahren wurde mehrfach weißer Hautkrebs bei ihr diagnostiziert. Viele kleine, rosa Narben überziehen ihr Gesicht. Das stört sie nicht. Ebenso wenig wie ihr die Narbe an der Lippe etwas ausmacht, die von einer gutartigen Geschwulst übrig geblieben ist. Kaum sitzt sie auf der geliebten Bank, erklingt klassische Musik. Es ist der Klingelton ihres Mobiltelefons.

„Rose", meldet sie sich.

„Mama, hier ist Gerda", sagt eine helle, freundliche Frauenstimme.

„Schön, dass du dich meldest", sagt Ilse freudig überrascht. Graugrüne Augen in einem runden Gesicht strahlen mit der Sonne um die Wette. „Wie geht es dir und Thomas?"

„Alles bestens. Wir holen dich nächstes Wochenende, einverstanden?", möchte Gerda wissen.

„Sehr gerne, mein Schatz. Wann werdet ihr bei mir sein?", fragt Ilse erfreut.

„Thomas wird dich nach dem Frühstück abholen", erklärt Gerda. „Bist du jetzt in deiner Hütte?"

„Natürlich bin ich bei diesem Traumwetter hier draußen", antwortet Ilse. Sie zögert etwas, bis sie fortfährt. „Aber lange werde ich es nicht mehr schaffen. Ich kann die fünfhundert Quadratmeter Rasen nicht mehr mähen, muss den Bauern um Hilfe bitten. Der liebe Kerl macht das, aber Sinn der Sache ist es nicht." Es bleibt still am anderen Ende der Leitung. Ilse und Gerda haben eine innige Mutter-Tochter-Beziehung. Gerda weiß um die Bedeutung der Hütte und des Bergerlandes für ihre Mutter.

„So, ich werde jetzt etwas schreiben", sagt Ilse, das Thema wechselnd.

„Okay, Mama. Ruf mich an, wenn dir danach ist", fordert Gerda die Achtundsiebzigjährige auf. „Schreib ein schönes Gedicht."

„Ich bemühe mich", erwidert Ilse. „Wiederhören, Liebes."

„Küsschen, Mama", sagt Gerda, und Ilse hört das Lächeln, das in der Stimme ihrer Tochter mitschwingt. Sie drückt die rote Taste auf ihrem Mobiltelefon und beendet das Telefonat.

Eine Weile sitzt sie still, blickt auf das aufgeschlagene Schreibheft. Sie denkt weit zurück. Überlegt, wann ihre Erinnerungen beginnen, was ihre Mutter ihr erzählte. Sie nimmt den Stift und beginnt zu schreiben.

Abschied, Juni 1943

Um halb fünf erreichten die Schäfers den Bunker nahe der Emmastraße. Er war fast leer. Es herrschte Ruhe nach dem Sturm. Erschöpft waren die Menschen, die noch Wohnungen hatten, dorthin zurückgekehrt.

„Hier sind ihre vier", sagte ruhig und müde die Nachbarin. Sie hatte an der Seite der Schäferskinder ausgeharrt.

„Ich danke Ihnen vielmals, Frau Bolte", sagte Anna erschöpft. Die zwei Fußmärsche, die Angst, der Stress, den ihr Körper mitgemacht hatte, setzten ihr an Leib und Seele zu. Sie sehnte sich nach Ruhe. Ihre Nerven forderten Schlaf. Doch sie wusste, dass daran nicht zu denken war. Es galt, mit Emma und Paul Schäfer nächste Schritte zu planen. Sie redeten nicht auf der kurzen Strecke vom Bunker zur Emmastraße. Annas Gedanken kreisten um die Flucht aufs Land. Sie liebte die Stadt, liebte Wuppertal, doch das hier war keine Stadt mehr. Das war ein mit Leichen übersätes Schlachtfeld. Sie musste versuchen, sich und die Kinder in Sicherheit zu bringen. Sie wusste, welches Schicksal die gerade eingeschulte Ilse und ihren älteren Bruder ereilen würde, sollte ihr Plan nicht gelingen. Zusammen mit ihren Lehrern würden die Schulkinder in Lager nach Thüringen evakuiert werden.

„Ihr versucht jetzt, ein paar Stunden zu schlafen", befahl sie den Kindern noch in der Eingangstür. Gehorsam nahm Ilse Rolf an der Hand. Sie packte ihn unter die Decke eines Kinderbetts im Herrenzimmer und kuschelte sich an ihn. Das Bett im elterlichen Schlafzimmer ließ sie frei für die Großeltern. Als die vier Kinder im Bett lagen, setzten sich die schockstarren, alten Schäfers zur äußerlich besonnen wirkenden Anna. Sie unterdrückte das innerliche Zittern, die Kälte, die sich in ihr ausbreitete. Wie eine Maschine hatte sie zuvor Kaffee aufgebrüht, Tassen und Teller auf den Tisch gestellt. Sie öffnete ein Glas eingelegte Rote Beete und verteilte den Inhalt auf die Teller. Sie mussten eine Kleinigkeit zu sich nehmen.

„Otto ist diese Nacht erspart geblieben", sagte Emma leise. Sie piekte ein winziges Stück Rote Beete auf die Gabel und führte es mit zittriger Hand zum Mund.

„Das ist auch das einzig Gute an seinem Tod", erwiderte Anna bitter. „Ich liebte ihn so sehr. Er war mir ein guter Ehemann." Es gelang ihr nur mit Mühe, die aufsteigenden Tränen zu unterdrücken.

„Wir liebten ihn alle, Anna", sagte Paul bestimmt. Seinen Anteil Rote Beete hatte er bereits aufgegessen. Etwas Farbe kehrte zurück in sein faltiges Gesicht.

„Wäre bloß dieser verdammte Krieg nicht über uns gekommen", entfuhr es Anna. „Er war so ein fürsorglicher Vater. Seine Kinder waren sein ein und alles. Wenn er von der Bank nach Hause kam, spielte er als Erstes mit den Kleinen." Anna stach die Gabel fest in die Rote Beete Scheibe. Der Saft spritzte auf wie Blut. Anna schien es nicht zu bemerken. Alle unterdrückten Gefühle wichen einer Welle der Wut. „Ilse war erst drei

Jahre alt, als Otto 1940 eingezogen wurde. Ich kann es nicht mehr ertragen." Annas Wangen glühten jetzt. Ihr wurde schwindelig. Sie stand auf, um ein Glas Wasser zu trinken. Sie erinnerte sich an den Tag des Abschieds von Otto. An die Hoffnungen und Befürchtungen, die sie beide gehabt hatten. Bald darauf schon hatte sie die Nachricht erreicht, dass das Schiff, mit dem Otto unterwegs nach Dänemark war, im Skagerrak torpediert worden war. Zunächst erreichten sie positive Gerüchte, dass er als guter Schwimmer stundenlang geschwommen sei. Doch schließlich wurde ihr als Todeszeichen der Ehering geschickt. Anna ging zurück zu den Schwiegereltern.

„Ich werde gleich zum Telegrafenamt gehen", erklärte Paul. „Ich bitte meinen Vetter um Hilfe. Vielleicht gelingt es ihm, Wohnungen für uns auf dem Land in Rosenthal zu organisieren."

„Wir legen uns zwei Stunden hin, und dann begleite ich dich, Paul", bestimmte Anna.

Eine Woche nach dem Tag, der Elberfeld zerstört hatte, stand Anna mit ihren Kindern unterhalb des botanischen Gartens der Stadt. Es war ein heißer Sommertag. Der auf die Hardt gebaute Bismarckturm markierte zu dieser Zeit die Grenze zwischen Barmen und Elberfeld. Vom Turm hatte man einen Überblick auf beide Stadtteile. Von der Teutonenstraße aus konnte man dieses Wahrzeichen nicht sehen. Anna war sich sicher, dass er dem Erdboden gleich gemacht worden war.

„Geht vor mir die Treppe rauf", wies Anna die Kinder an. Artig folgten Gerhard, Ilse und Rolf ihrem ältesten Bruder. Annas Eltern hatten das hochstehende, dreistöckige Haus der Stadt abgekauft. Jetzt lebten sie dort mit Annas drei Geschwistern. Außerdem gewährten sie einer aufgrund des Krieges obdachlos gewordenen jungen Frau auf dem Speicher Quartier. Frieda und Friedrich Schuster hatten Glück gehabt. Das Haus war unversehrt. Frieda öffnete die Tür, und die kleine Ilse flog in ihre Arme.

„Großmama, Großmama", rief das Mädchen und drückte ihre Wange an Friedas Schürze. Ilse war groß für ihr Alter und reichte der zarten, kleinen Großmutter bereits bis zur Taille. Großmutter Frieda liebte das aufgeweckte Mädchen sehr, und das beruhte auf Gegenseitigkeit. Ilse mochte die ruhige, liebevolle Frau mehr als die strenge, kühle Mutter des Vaters. Im Inneren des Hauses führte eine Wendeltreppe ins Obergeschoss. Eine kleine Terrasse mit einem runden Tisch lud zum Verweilen ein. Frieda hatte für die Familie Rhabarber aus dem Garten gepflückt und gekocht. Weder Kuchen noch Waffeln konnten serviert werden, doch kleine Fladen aus Rübenmehl lockten die hungrigen Schäferskinder.

„Lasst eurer Großmutter auch etwas über", ermahnte Friedrich Schuster seine Enkel. Im Gegensatz zu seiner Frau glich er vom Wesen Emma Schäfer. Streng und zurückhaltend war er Ilse und ihren Geschwistern fremd.

„Ach, Friederich", seufzte Frieda, und ihre schmalen Finger umfassten beschwichtigend das Handgelenk ihres Mannes. „Lass den Kindern ihre Fladen. Sie haben es weiß Gott nicht leicht."

„Wir auch nicht", brummte Friedrich, stand auf und verließ den Tisch. Kopfschüttelnd sah Frieda ihrem Mann nach.

„Mutter, wir verlassen Wuppertal", sagte Anna. Auf ihrem Schoß saß der kleine Rolf. Wie so oft lief seine Nase. Ilse nannte ihn frech `Rotznase´. Sonst voller Tatendrang war er heute ungewohnt still.

„Hat es mit Rosenthal geklappt?", fragte Frieda gefasst. Sie hatte Emma und Paul Schäfer vor vier Tagen verabschiedet. Pauls Vetter hatte unverzüglich auf das Telegramm reagiert und ihnen eine Wohnung in der Neumühle Rosenthals besorgt. Vor Ort kümmerte sich das Ehepaar um eine Wohnmöglichkeit für die Schwiegertochter und die Enkel.

„Paul hat eine Wohnung in Rosenthal für uns gefunden", erklärte Anna. „Unsere zukünftige Vermieterin, Frau Nolte, schickte uns ihre Zusage per Telegramm. Zum Glück darf ich Ilse und Wilhelm bei mir halten. Auf dem Land gibt es eine Schule, die Kinder werden Unterricht haben." Anna brach ein Stück ihres Rübenfladens ab und tunkte es in den süßsauren Rhabarber. „Köstlich, Mutter. Hab vielen Dank."

Frieda lächelte zufrieden. Sie würde ihre Tochter und die Kinder, besonders Ilse, sehr vermissen. Dennoch freute sie sich für Anna. Der Krieg war in vollem Gange. Noch war kein Ende absehbar. Früher oder später würden im industriellen Gebiet in und um Wuppertal wieder Bomben fallen. Auf dem Land waren die Schäfers in Sicherheit.

„Wirst du wenigstens deine Möbel mitnehmen können?", erkundigte sich Frieda. Sie griff nach dem Wasserkrug und schenkte allen ein. Sie dachte mit Wehmut an die schöne, große Wohnung der Schäfers in der Emmastraße. „Eine Schande ist das. Dein Otto kämpfte so sehr für eure sichere Existenz. Das Grundstück, das er euch kaufte, um zu bauen, alles für die Katz. Veräußert für einen Appel und ein Ei." Sie seufzte und trank einen Schluck Wasser.

„Die Möbel werden morgen von einer Spedition abgeholt und nach Rosenthal transportiert. Der Schwiegervater hat das organisiert", berichtete Anna. „Wir jedoch werden den Zug nehmen. Wir reisen in der Holzklasse." Darüber war Anna erleichtert. 1943 waren die Züge in vier Klassen aufgeteilt. In der vierten Klasse war das Reisen sehr preiswert, aber es gab dort kaum Sitzplätze. In der dritten immerhin gab es Bänke aus Holz. Geld besaß niemand mehr zum Verreisen. Sie wurden evakuiert und als kleine Familie ohne männliche Begleitung immerhin für die dritte Klasse eingeteilt.

„Es geht alles so schnell", sagte Frieda tapfer.

„Zum Glück, Mutter, zum Glück", erwiderte Anna fest. „Ruf bitte Vater, wir möchten uns verabschieden."

Frieda eilte zur Wendeltreppe und rief nach ihrem Mann. Wenig später standen sie alle vor der Treppe, die zur Straße führte. Ilse weinte, wollte ihre Großmutter nicht loslassen. Die Jungs waren gefasster. Wilhelm nahm seine jüngeren Brüder an die Hände und ging mit ihnen die Treppe runter. Anna löste ihre Tochter von Frieda, gab dieser einen letzten Wangenkuss und schüttelte dem Vater die Hand.

Unterwegs, Juli 1943

Wilhelm trug die Reisetasche. Sie enthielt einige Gläser mit eingelegten Gurken, Rote Beete, Zwiebeln und wenige verschrumpelte Äpfel. Anna hielt die roten Fahrkarten in der Hand. Das Rot wies sie der dritten Zugklasse zu. Rolf rieb sich die Augen.

„Ich bin müde, Mama", quengelte er.

„Es geht gleich los, mein Schatz", beruhigte ihn Anna. „Der Zug fährt schon ein."

Sie hatte sich den Bahnhof zerbombter vorgestellt. Tatsächlich waren das Empfangsgebäude und der Gebäudetrakt der Reichsbahndirektion trotz des Brandes in der Bausubstanz weitgehend erhalten geblieben. Auf dem Gleis fuhr die Reichsbahn ein. Militär, Polizei und andere Uniformierte versuchten der Flüchtlinge Herr zu werden. Anna entdeckte schnell den Waggon der Holzklasse. Im Inneren der Bahn waren bereits viele Menschen. Sie brauchte eine Weile, bis sie Plätze für sich und die Kinder fand. Schließlich erklärte sich ein älteres Ehepaar bereit, ihre Plätze zu tauschen, damit die Schäfers zusammen sitzen konnten. Anna war erschöpft. Sie bettete Rolf auf ihre zusammengerollte Jacke, wies Ilse den Fensterplatz zu und ermahnte Gerhard, den Daumen aus dem Mund zu nehmen.

„Du sollst nicht am Daumen lutschen, Gerd", sagte Wilhelm streng, seiner stellvertretenden Vaterrolle gerecht werdend.

„Du bist nicht Papa, Willy", meckerte Ilse.

„Ihr sollt nicht streiten. Jetzt wird geschlafen. Die Fahrt wird länger dauern", bestimmte Anna energisch. Die Menschen im Zug sahen mitgenommen aus. Viele weinten still vor sich hin. Andere wiederum blickten emotionslos ins Leere, noch zu sehr unter Schock stehend, um etwas zu fühlen. Anna selbst fühlte sich trotz ihrer Erschöpfung aufgedreht. Ihre Wangen leuchteten unnatürlich rot, und ihr war sehr warm. Ihr Herz raste. Ein Arzt hatte sie kurz nach Kriegsbeginn darauf hingewiesen, dass sie zu hohen Blutdruck habe. Doch sie hatte keine Zeit gehabt, sich in der Notlage darum zu kümmern. Sie atmete tief durch, versuchte zur Ruhe zu kommen. Um einundzwanzig Uhr dreißig begann der Zug schließlich seine Fahrt.

Rolf schlief seit Beginn der Reise. Seinen Brüdern waren nach einer halben Stunde die Augen zugefallen. Selbst die muntere Ilse schlummerte jetzt friedlich. Im Zug war es stockfinster. Der Fensterplatz hatte Ilse keine Abwechslung bieten können, da schwarze Tücher den Zug verdunkelten. `Ob uns der Zugfahrer ohne Licht heil ans Ziel bringen wird?´, fragte Anna sich im Stillen besorgt. Die Fahrt verlief zunächst ohne besondere Vorkommnisse. Hier und dort hielten sie, um Menschen ein- und aussteigen zu lassen. Der Zug fuhr sehr langsam. Nach etwa zwei Stunden meldete der Zugführer, dass sie bald Bestwig erreichen würden. Dann brach plötzlich der Lärm aus. Sirenen heulten, und der Zug nahm Fahrt auf. Die Menschen schrien panisch, verließen ihre Sitzplätze und rannten, einander anrempelnd, zu den Ausgängen. Anna versuchte wie immer, Ruhe zu bewahren. Der dunkle Zug erreichte unversehrt den finsteren Bestwiger Bahnhof. Die Motoren der Kampfflugzeuge und die Detonationen der in der Nähe abgeworfenen Bomben versetzten die Menschen in Panik. Trotzdem schwiegen alle. Ein einzelnes Baby weinte, wurde aber von seiner Mutter schnell beruhigt. Es dauerte eine gefühlte Ewigkeit, bis um dreiundzwanzig Uhr dreißig endlich Entwarnung gegeben wurde. Die Türen des Zuges blieben geschlossen, und die Menschen gingen zu ihren Sitzplätzen zurück. Anna und die Kinder schlossen sich ihnen an.

„Mama, müssen wir alle sterben?", fragte Ilse leise. „Kommen wir dann zu Papa in den Himmel, wie Großmutter Frieda sagt?"

Anna strich ihrer Tochter mit zittriger Hand über den Pagenkopf. Graugrüne Augen sahen sie an.

„Nein, Engelchen", flüsterte sie. „Wir werden sicher in Rosenthal ankommen. Dort erwarten uns Großmutter Emma und Großvater Paul. Das wird dein Paradies, Ilse. Das verspreche ich dir." Anna fragte sich, wie es jetzt weitergehen würde. Sie sah sich um. Ihre Mitreisenden standen hilflos im Zug oder saßen wie erschlagen auf den Holzbänken. Einige unterhielten sich leise, andere fassten sich stumm an den Händen. Eine Frau in der Tracht einer katholischen Nonne las leise aus der Bibel vor. Darauf hatte Anna Ilse hingewiesen. Im Gegensatz zu ihren Brüdern hatte Ilse bereits in der frühen Jugend einen Bezug zur Religion. In Wuppertal hatten sie regelmäßig mit Frieda Schuster den Gottesdienst besucht. Wäre der Kriegsausbruch nicht gewesen, hätte Anna ihre Tochter in den evangelischen Kinderchor geschickt. Ilse hatte eine klare, helle Singstimme.

„Hoffentlich gibt es keinen weiteren Angriff mehr", flüsterte Anna ihrem ältesten Sohn ins Ohr.

„Es ist immer nur einer, Mama", antwortete der Achtjährige wispernd. Auch ihm war deutlich die Angst anzusehen. „Sollte es keinen Alarm mehr geben, wird der Zug weiterfahren."

„Ja", sagte Anna kurz. So gut es ging, bereitete Anna den Kindern ein Lager. Es war eine warme Sommernacht und stickig im geschlossenen Zug. Sie konnte gut auf ihre Jacke verzichten. Wieder machte sie es für Rolf so bequem wie möglich und wies Gerhard an, seinen Kopf auf ihren Schoss zu betten. Ilse und Wilhelm sollten sich die Nebenbank teilen.

„Leg deinen Kopf auf meinen Schoss, Ilschen", sagte Wilhelm ernst. Diesmal ärgerte sich Ilse nicht über seine väterliche Art. Dankbar legte sie sich, und nach kurzer Zeit schliefen alle erschöpft ein. Annas Gedanken überschlugen sich. Magensäure stieß ihr auf. Sie hatte ein Glas saure Gurken geöffnet und davon gegessen. Die Angst und das eingelegte Gemüse bekamen ihr nicht. Sie wünschte sich, so gläubig wie ihre Mutter sein zu können. Jetzt, in der Not, fand sie keinen Trost im Gebet. `Ob wir uns wohl fühlen werden in Rosenthal?´, fragte sie sich still. Sie hatte keine Vorstellung von dem Leben auf dem Land. Wuppertal war ihre Heimat gewesen. Weit gereist war sie nie. Den Vetter von Ottos Vater hatten sie nie besucht. Irgendwann übermannte sie die Müdigkeit. Lange schlief sie nicht. Um kurz vor Mitternacht setzte der Zug sich erneut in Bewegung. Die Menschen reisten weiter in Richtung Hessenland.

Ankunft, Juli 1943

In Rosenthal gab es keinen Bahnhof. Die wenigen Reisenden, die dorthin wollten, mussten in Frankenberg aussteigen. Es war drei Uhr am Morgen, als die Frankenberger Bahnhofsvorsteherin die Tür des Zuges öffnete.

Es war eine kräftige Frau mit blonden, dicken Haaren, die zu einem Bauernzopf geflochten und in einem Kranz um ihren Kopf gewickelt waren. `Wir sind auf dem Land angekommen´, dachte Anna. Verschlafen trotteten die Kinder neben ihr die Gleise entlang und durch das Bahnhofsgebäude. Sie bildeten eine kleine, waagerechte Menschenkette. Die Hände miteinander verschlungen, erreichten sie schließlich den Ausgang.

„Wir müssen warten. Der Bauer, der uns abholen wird, kommt erst nach sechs. Von hier aus werden wir eine Stunde mit dem Fuhrwerk fahren müssen. Bis nach Rosenthal ist es noch ein weiter Weg", erklärte Anna den Kindern. Sie steuerte auf eine Bank zu, von der sie nach draußen blicken konnte.

„Ich habe Durst", sagte Gerhard leise.

„Wir können in Rosenthal wieder trinken", antwortete Anna bestimmt. „Ich möchte nicht die Sanitäranlagen des Bahnhofs suchen. Die paar Stunden müssen wir aushalten."

Auch Anna wurde bewusst, wie durstig sie war. Die Nachtfahrt mit ihrem Schrecken hatte sie davon abgelenkt.

„Wilhelm, verteile die letzten Äpfel. Obst löscht auch den Durst."

Sie würde verzichten. Es waren nicht mehr genügend Äpfel für alle vorhanden.

„Meinst du, es wird Brot geben in Rosenthal?", erkundigte sich Ilse. Ihre Tolle war durcheinander geraten. Anna nahm einen Kamm aus der Reisetasche und zog ihn vorsichtig durch die dünnen, kinnlangen Haare. Längs auf dem Kopf drehte sie die länger gelassenen Haare zu einer Rolle, die dann um ihre Achse gedreht werden konnte. Diese Art Frisur war bei jungen Mädchen zu dieser Zeit sehr verbreitet. Man nannte sie Landmannstolle. Doch auch in der Stadt erfreute sie sich großer Beliebtheit.

„Das kann ich dir nicht versprechen, Ilschen", antwortete die junge Frau der Tochter. „Großvater Paul schrieb im Telegramm von den Bauern, die Getreide anbauen."

„Was macht ein Bauer?", fragte Ilse wissbegierig.

„Sei nicht so neugierig, Ilschen", mahnte Wilhelm. „Das wirst du schon sehen, wenn du auf dem Land bist."

Anna war zu erschöpft. Sie nickte nur matt. Sie schloss die Augen. `Einen Moment loslassen´, dachte sie. `Nur einen Moment.´

„Frau Schäfer?", ertönte eine tiefe Männerstimme.

Erschrocken öffnete Anna die Augen. Rasch blickte sie auf ihre Armbanduhr. Die Ziffern zeigten auf halb sechs.

„Mein Gott, ich bin eingeschlafen", rief sie aus.

„Sind Sie Anna Schäfer?", wiederholte der bärtige Mann seine Frage. Er trug einen breitkrempigen Strohhut, ein weißes, ärmelloses Hemd und eine braune Lederhose, die unter den Kniekehlen gebunden war. Seine Wadenmuskulatur war stark ausgeprägt. Die Hände waren schwielig.

„Ja, die bin ich", antwortete Anna schnell. Die Kinder waren bereits aufgesprungen und fassten sich erneut an den Händen.

„Rempel", brummte er. „Bauer Rempel." Er betonte `Bauer´, drehte sich um und schritt durch den Ausgang ins Freie. Anna und die Kinder folgten ihm. Die Sonne schien an diesem frühen Morgen im Juni.

„Kühe", rief Ilse begeistert. Sie ließ Gerhards Hand los und überholte rennend den Bauern. Gerhards Daumen flutschte in seinen Mund. Ilse betrachtete fasziniert das vor ihr stehende Gefährt. Zwei braunweiß gescheckte Kühe waren vor einen länglichen, schmalen Holzanhänger gespannt. Die zwei Vorderräder waren kleiner als die beiden hinteren Räder. Der Anhänger war etwa fünfzig Zentimeter tief, hinten und vorne offen.

„Hilfe", rief Ilse erschrocken aus. Bauer Rempel hatte sie um die Taille gefasst und hochgehoben. Er setzte das zappelnde Mädchen vorne auf den Rand, so dass ihre Beinchen in der Luft hingen. Er richtete eine Augenklappe der linken Kuh und setzte sich neben Ilse auf das Gefährt. Den anderen deutete er mit der Hand, dass sie in den Wagen klettern sollten. Er machte keine Anstalten, Anna oder den Jungen zu helfen. Wilhelm nahm Anlauf und sprang von der Hinterseite auf das Fuhrwerk. Anna hob Rolf und Gerhard hinauf, drehte sich um die Achse und setzte sich. Mühsam zog sie die Knie an und rutschte rückwärts auf den Holzwagen, das lange Kleid raffend. Schon ging die gemächliche Fahrt los. Von hinten beobachtete Anna die Tochter. Ilse schaute neugierig von rechts nach links. Der sonnige Tag ermöglichte der Familie ein warmes, erstes Kennenlernen der Umgebung. Die holprige Straße führte sie vorbei an flachen, grünen Wiesen auf denen Kühe, Schafe und Ziegen grasten. Das Korn stand im Wachstum. Es spross zu dieser Zeit schon zehn Zentimeter hoch. Das leuchtende Grün seiner Pflanzen wechselte sich ab mit dem blasseren Grün des frisch gemähten Grases. Langsam entspannte Anna sich. Sie blickte in den blauen Himmel, der mit Schäfchenwolken überzogen war. Die Weite des Landes übte eine beruhigende Wirkung auf sie aus. Nirgendwo gab es auch nur ein Anzeichen von Industrie. Die Bauernhöfe, an denen sie vorbei fuhren, schienen unversehrt. Kein Flugzeug war am Himmel auszumachen. Vögel zwitscherten, und ab und zu blökte ein Schaf. ʹEs ist richtig gewesen, Wuppertal zu entfliehenʹ, dachte sie. Sie überlegte, wie es den Kindern gefallen werde. Sie waren alle noch sehr jung. Sie sollten sich schnell eingewöhnen, hoffte die Einunddreißigjährige. Ilse war sehr lebhaft, religiös und tierliebend. Anna konnte sie schon in ihrer Vorstellung die Tiere der Bauern bestaunen sehen. Der achtjährige Wilhelm mit seiner ernsthaften, verantwortungsbewussten Art würde hoffentlich keine Probleme mit den Bauernkindern bekommen. ʹRolf wird sich austoben und seiner Energie freien Lauf lassen können. Es wird schön für ihn sein, auf dem Land aufzuwachsen. Mein Gerhard mit seinem ruhigen, sensiblen Wesen wird sich eingewöhnen müssen - so wie ich selbst auch -ʹ, dachte sie. Die wenigen Menschen, denen sie begegneten, nahmen keine große Notiz von den Schäfers. Sie grüßten lediglich den Bauern und wendeten schnell den Blick wieder der Arbeit zu. Bauer Rempel schwieg die ganze Zeit über. Anna hatte nichts dagegen. Sie genoss die Ruhe und den Fahrtwind. Um sieben Uhr erreichten sie Rosenthal.

„Lauter Knusperhäuschen, Mama", rief Ilse begeistert.

Zum ersten Mal seit langer Zeit huschte ein Lächeln über Annas Gesicht. Rosenthal war zauberhaft. Es bestand vollständig aus kleinen Fachwerkhäuschen in schwarzweiß und braunweiß. In der Mitte des Dorfes ragte die Kirchturmspitze empor. Bauer Rempel lenkte sein Fuhrwerk auf die ins Dorf führende Frankenberger Straße. Abschätzende Blicke der Dorfbewohner begrüßten sie nicht besonders herzlich. Die Flüchtlinge aus den Städten wurden zwar geduldet, doch nicht geliebt. Vor einem dreistöckigen Fachwerkhaus in braunweiß zügelte Bauer Rempel die Kühe.

„Wir sind da", erklärte er knapp. Anna und die Kinder sprangen vom Fuhrwerk. Ein junger Mann lief ihnen entgegen die Straße runter.

„Vater", rief er, wild mit den Händen gestikulierend. „Die Edda kalbt."

„Steig ein, Roderich", antwortete Bauer Rempel. Ohne ein Wort des Abschieds ließ er die Schäfers auf der Straße stehen.

„Sehr freundlich dieser Bauer Rempel", murmelte Anna vor sich hin.

Im Erdgeschoss tauchte ein Frauenkopf im geöffneten Fenster auf.

„Frau Schäfer?", rief die Frau fragend.

Anna nickte.

„Ich komme runter und mache Ihnen auf", rief sie weiter. Sie verschwand und wenige Augenblicke später öffnete sich die Haustür. Die Schäfers waren in ihrem neuen Zuhause angekommen.

Erstes Erwachen, Juli 1943

Ilse erwachte früh am Morgen. Der Hahn krähte aus vollem Hals. `Eier´, dachte das Mädchen. `Wo ein Hahn ist, sind auch Hennen, und die legen Eier.' Vorsichtig sah sie sich um. Da lagen sie alle und schlummerten friedlich. Die Mutter, Wilhelm, Gerhard und Rolf. Hier in Rosenthal hatten sie eine kleine Wohnung in der ersten Etage. Sie bestand aus dem Schlafzimmer, der Küche und dem Wohnzimmer. Ein Bad gab es nicht und auch keine sanitären Anlagen. Ilses Blase war voll. Sie musste dringend zur Toilette. Sie schob ihre Wolldecke zur Seite. Die Nacht hatte sie in ihrem gewohnten Kinderbett verbracht. Die Möbel waren einen Tag vor den Schäfers in Rosenthal angekommen. Leider passte das Mobiliar nicht komplett in die wesentlich kleinere Wohnung des Fachwerkhauses in der Frankenberger Straße. Das Ehebett war zerschlagen worden, das Holz in der Scheune Bauer Rempels gestapelt. Sein vierundzwanzigjähriger Sohn Roderich hatte gestern alles abgeholt. Dafür hatten die Schäfers wunderbare Dinge erhalten. Einen halben Laib Brot, einen Krug Milch, eine Ecke Leberwurst und eine Seite Speck. Ilse konnte sich nicht erinnern, wann sie das letzte Mal so gut gespeist hatte. Danach war die Familie früh am Abend zu Bett gegangen. Frau Nolte hatte ein wenig mit der Mutter geredet und ihr etwas für das erste Frühstück gegeben. Die Vermieterin war Ilse sympathisch. Sie hatte blonde Haare, die, zu einem dicken Zopf geflochten, ihr bis zur Hüfte reichten. Sie war braun gebrannt und wohlgenährt. Aufgrund einer Zahnlücke lispelte sie etwas. Leise kletterte Ilse aus dem Bett und ging zum Stuhl am Fenster, auf dem ihr Kleid lag. Sie schlüpfte rein und griff zur Kerze auf der Fensterbank. Mit einem Streichholz zündete sie den Docht an. Vorsichtig durchquerte sie das schmale Flürchen, das zur

Treppe führte. Es war zwar schon hell, doch im Keller, wo das Plumsklo war, gab es kein Licht.

Anna wurde vom Geräusch der sich schließenden Wohnungstür wach. Suchend blickte sie sich um. Rasch entdeckte sie das leere Kinderbett. Ihr Rücken schmerzte. Sie hatte die Nacht auf einer Wolldecke auf dem Boden liegend verbracht. Sie würde Bauer Rempel bitten müssen, ihr ein schmales Bett zu zimmern. Doch damit wollte sie einige Tage warten, bis sich die Dorfbewohner an die Familie Schäfer gewöhnt hatten. Sie stand auf und ging zum Kleiderschrank neben dem Fenster. Anna entnahm ihm einen gürtellosen, hellgrünen Kittel und selbstgemachte Unterwäsche. Sie hatte die Wolle eines alten Pullovers dafür verwendet. Mit einem Kamm in der Hand verließ sie das Zimmer und betrat die Küche. Die Sonne zeigte sich nicht an diesem ersten Tag auf dem Land, doch es war hell. In den Zwanzigerjahren hatten sie noch bei Petroleumlampen zusammen gesessen, in den Dreißigerjahren gab es bereits Elektrizität. Das NS Regime nutzte das Wort Propaganda für die Werbung. Sie wollten ein Bild der am Herd arbeitenden Frau zeichnen, die ganz in der ihr zugewiesenen Rolle aufging. Doch hier in der Frankenberger Straße musste sie mit einem Holzofen vorlieb nehmen. Fließendes Wasser stand ihr zur Verfügung, warmes Wasser floss jedoch nicht aus den Rohren. Anna wusch sich sorgfältig. Einen Spiegel besaß sie nicht, sie verließ sich beim Kämmen des kinnlangen, dunklen Haares auf ihr Gefühl. Schließlich bereitete sie aus den von Frau Nolte bereitgestellten Lebensmitteln ein erstes Frühstück für sich und die Kinder.

Es gab für jeden ein Ei, die Reste des halben Brotlaibes von Bauer Rempel, Äpfel und ein wenig Milch. Den Rest des Kaffeeersatzgetränkes von gestern Abend aus Malz und Gerste würden sie kalt trinken. Dafür verschwendete Anna kein Brennholz. Für die Zukunft musste sie sich etwas einfallen lassen, um ihre Familie zu ernähren. Die Lebensmittel, die sie im Dorfladen mit ihren Lebensmittelkarten erwerben konnte, würden hinten und vorne nicht ausreichen. Die Wohnungstür öffnete sich, und die bereits angezogene Ilse kehrte mit der gelöschten Kerze aus dem Keller zurück.

„Morgen, Mama", wurde Anna von dem Mädchen begrüßt.

„Morgen, Ilse", antwortete sie freundlich. „Kümmere dich bitte um Rolf, und sag den anderen, dass sie sich waschen und anziehen sollen."

Wenig später machte sich Anna auf den Weg ins Dorf. Sie wollte sich mit den Landleuten bekannt machen und ihnen ihre Hilfe bei der Arbeit anbieten. Später würde sie die Dorfschule aufsuchen, um Wilhelm und Ilse dort einen Platz zu sichern. Die Sechsjährige und ihre Brüder erkundeten ihrerseits die ungewohnte Umgebung. Anna machte sich keine Sorgen um die Sicherheit ihrer Kinder. Hier auf dem Land konnten sie sich frei bewegen. Beruhigt begab Anna sich zunächst zu Bauer Rempel. Sie erreichte das große Fachwerkhaus am östlichen Rand Rosenthals nach wenigen Minuten. Flache, längliche Gebäude für die Tiere mit weit aufstehenden Doppeltüren flankierten das Wohngebäude. Sich suchend umsehend, trat Anna in den Kuhstall. Die

Verschläge der Tiere waren leer. Das Vieh graste auf den bäuerlichen Weiden. Lediglich am hinteren Ende der Stallung standen Edda und ihr Kalb in einem separaten Verschlag. Dort traf sie Roderich. Er besaß die kräftige Statur des Vaters, wirkte jedoch weniger muskulös. Sein rotes Haar begann sich bereits zu lichten. Der junge Mann gefiel Anna nicht. Er war mit dem Ausmisten der Verschläge beschäftigt.

„Guten Morgen, Herr Rempel", grüßte Anna.

„Morgen", brummte Roderich, kurz aufsehend und seine Arbeit nicht unterbrechend.

„Wo finde ich Ihren Vater?", erkundigte Anna sich.

„Hinterm Hof aufm Kornfeld", nuschelte Roderich.

„Danke", sagte Anna kurz und verließ zügig den Kuhstall. Die Gebäude warfen am Vormittag ihre Schatten auf die Straße, wenn die Sonne ab und an aufblitzte. Heute schien ein Gewitter in der Luft zu liegen. Es war schwül, und Anna stand der Schweiß auf der Stirn. Schwer atmend umrundete sie die Ställe. Das Kornfeld bot einen schönen Anblick. Fruchtbar wuchsen die Pflanzen in die Höhe. Vorsichtig bahnte die Frau sich einen Weg zur Mitte des Feldes. Bauer Rempel hockte auf dem Boden und untersuchte kritisch die Erde.

„Herr Rempel?", sagte Anna fragend zu dem sie ignorierenden Bauern. „Herr Rempel, ich störe Sie nur ungern, doch ich möchte Ihnen und den anderen Bauern meine Hilfe anbieten."

„Ach ja?", antwortete Bauer Rempel. „Und was wollen Sie dafür bekommen? Wir müssen unsere Beiträge an die Allgemeinheit abgeben, das wissen Sie, oder? Jetzt sollen wir die Stadtleute mit durchfüttern?"

Anna nickte. Sie wusste von der Raiffeisen Genossenschaft, die in guten Tagen die von den Bauern erwirtschafteten Erträge auf den Markt brachte. Dafür wurden die Landwirte entlohnt. Sie behielten nur Getreide und Produkte für den Eigenbedarf, der von der Genossenschaft festgesetzt wurde. Zu Kriegszeiten mussten die Landleute alles abgeben, was sie nicht benötigten.

„Sie werden es nicht bereuen, Herr Rempel", versicherte Anna dem Bauern. „Ich bin stark und kann anpacken."

Der Bauer musterte sie kritisch von oben bis unten. Wenn er ehrlich zu sich war, musste er zugeben, dass die rotwangige, großgewachsene Frau mit den dunklen Augen und Haaren ihm gut gefiel.

„Und was machen Sie mit Ihren Bälgern, wenn Sie auf dem Feld sind?", wollte er wissen. Er hatte sich erhoben, und sie standen sich in Augenhöhe gegenüber.

„Wilhelm und Ilse bringe ich vormittags in die Schule. Die beiden Jüngsten lasse ich im Haus, oder ich nehme sie mit", erklärte Anna tapfer. „Herr Rempel, unsere Brotkarten reichen hinten und vorne nicht zum Überleben. Die Kinder werden hungern."

„Wir wollen sehen, wie du dich schlägst", sagte Bauer Rempel nach kurzem Zögern. „Und nenn mich nicht Herr Rempel. Ich bin der Heinrich."

„Danke, Heinrich. Ich bin Anna", sagte sie, und das Wangenrot vertiefte sich.

„Die älteren Bälger kannst du mitbringen, wenn sie schulfrei haben. Wir verteilen euch auf die Höfe", sagte Heinrich bestimmend. „Ich erwarte dich morgen in aller Früh um sechs Uhr beim Kuhstall." Er wandte sein

Augenmerk wieder den Pflanzen zu. Erleichtert lenkte Anna ihre Schritte in Richtung der Dorfschule.

Einschulung, August 1943

Ilse war sehr aufgeregt. Die Mutter hatte ihr am frühen Morgen ein frisches Kleid und frische Unterwäsche bereitgelegt. Und am Tag zuvor hatten alle in der Zinkwanne in der Küche gebadet. Ilse hatte sogar in das frische Wasser gedurft. Anschließend hatten Wilhelm und Rolf in die Wanne gemusst. Sie badeten immer des Sonntags. In der Regel badete die Mutter als Ersten den kleinen Rolf. Gerhard kam als Zweiter in das Wasser. Anschließend sammelte Anna das Wasser in einer Tonne, bevor sie auf dem Holzofen frisches Wasser für den zweiten Wannengang erhitzte. Schließlich durften Ilse und Willy baden. Zuletzt stieg die Mutter in die Zinkwanne. Montags wurde mit dem Wasser geputzt. In ihrer Sonntagskleidung machten sich Mutter und Tochter für den Kirchgang bereit. Die Jungs trugen Lederhosen und weiße Hemden. Ilse liebte die kleine Dorfkirche. Rosenthal war eine evangelische Gemeinde. Die Kirchenfenster waren bleiverglast und farbenfroh. Ein großes Kruzifix mit dem gekreuzigten Jesus Christus hing über dem Altar. Gestern jedoch war Ilse abgelenkt gewesen. Ständig hatte sie daran denken müssen, was ihr bevorstand. Jetzt hielt sie die Hand von Großmutter Emma.

„So, Ilse, wir sind angekommen", informierte diese die Enkeltochter. Obwohl Ilse in Wuppertal in den 37er Jahrgang eingeschult worden war, musste sie sich hier zu den 1938 geborenen Schulkindern gesellen. Sie war mager und hatte ein spitzes Gesicht. Der Oberlehrer hatte die schwache Konstitution des Mädchens als Grund für seine Entscheidung angegeben. Emma führte die Enkeltochter durch den Eingang des breiten Fachwerkhauskomplexes. Im Vergleich zu den anderen Häusern des Dorfes war das Gebäude sehr groß. Später würde Ilse erfahren, wie die Schulkinder die einzelnen Bereiche der Schule bezeichneten. Das hohe, quadratische Hauptgebäude, in dem die älteren Kinder unterrichtet wurden, nannten die Schulkinder 'LKW', dem niedrigeren, länglichen Nebengebäude für die Jüngeren gaben sie den Namen 'Anhänger'. Etwas verloren standen Emma und Ilse im Hauptgebäude. Es war kurz vor acht Uhr, und die Kinder suchten zielstrebig die Schulzimmer auf. Doch es dauerte nicht lange, bis eine hochgewachsene, dürre Frau mit spitzer Nase und Dutt auf sie zukam. Sie trug ein wadenlanges, schlicht schwarzes Leinenkleid.

„Ilse Schäfer?", fragte sie mit hochgezogenen Augenbrauen.

Ilse nickte eifrig, nervös mit der freien Hand am mehrfach geflickten Kleid zupfend.

„Sie können gehen", wies die Lehrerin die Großmutter streng an. Diese gehorchte nur zu gerne, verabschiedete sich knapp und eilte zurück zur Neumühle. Diese lag südöstlich von Rosenthal an der Bentreff, dem langen Zufluss der Wohra nach Hessen.

„Folge mir", befahl die Lehrerin dem eingeschüchterten Mädchen. Gehorsam lief Ilse der Frau hinterher. Sie verließen das Hauptgebäude und durchquerten den Gang, der durch das Nebengebäude führte. Schließlich erreichten sie ein geöffnetes Klassenzimmer. Die beiden traten ein, und die lärmenden Kinderstimmen verstummten. Die Lehrerin ging mit Ilse zur Tafel. Das Mädchen fühlte sich unwohl unter den neugierigen Blicken ihrer Mitschüler. Sie kannte die Meisten natürlich vom Sehen. Jetzt erhoben sich alle von ihren Plätzen.

„Guten Morgen, Frau Meier", sagten sie im Chor.

„Guten Morgen. Setzen", sagte daraufhin Frau Meier. „Viele werden unseren Neuzugang aus der Stadt bereits kennen. Das ist Ilse Schäfer. Liesel, aufstehen."

Augenblicklich erhob sich ein zierliches Mädchen mit Sommersprossen und karottenroten Zöpfen. Sie steckte in einem blauen Sommerkleid.

„Liesel, Ilse bekommt den Platz neben dir. Bitte weise sie in der Pause in alles ein. Zeige ihr auch den Schulhof", sagte Frau Meier. Ilse zögerte. Sie fragte sich, ob sie sich zur Liesel gesellen solle.

„Worauf wartest du, Ilse", fragte Frau Meier unwirsch. Sie zeigte mit dem Finger auf Liesel. Rasch setzte Ilse sich in Bewegung. Jetzt völlig verschüchtert nahm sie an der Seite des rothaarigen Mädchens Platz. Ilse hatte nichts dabei außer einer zusammengeklappten Scheibe des grobgemahlenen Brotes, das die Mutter im Dorfladen für ihre Lebensmittelkarte erhalten hatte. Anna hatte es mit Zuckerrübenkraut bestrichen.

Die ersten beiden Unterrichtsstunden vergingen schnell. Ilses Leistungsniveau war schwach. Durch den Krieg hatte in Wuppertal kaum Unterricht stattgefunden. Das Mädchen mühte sich, die Buchstaben richtig auf ihre Schiefertafel zu schreiben. Frau Meier rief die Kinder vereinzelt auf, damit sie an der großen Tafel hinter dem Lehrerpult Buchstaben vorschrieben. Ilse blieb dieses Mal zu ihrem Glück verschont. Der Rechenunterricht lag ihr mehr, hatte sie doch öfters ihre Mutter zum Dorfladen begleitet und mitgezählt, was es für die Lebensmittelkarten gab. Als die Glocke die Pause einläutete, atmete sie tief durch.

„So, Ilse, jetzt komm mit. Wir wollen sehen, was wir machen können in der Pause", plapperte Liesel ohne Begrüßung drauf los. Sie gefiel Ilse sehr gut mit ihren schönen Zöpfen. Gerne hätte sie auch welche gehabt. Doch Anna schnitt ihr das Haar immer zum Pagenschnitt, weil sie ihrer Meinung nach zu dünne Haare für Zöpfe hatte. Auf dem Weg zur Schule hatte Ilse der Großmutter ihr Leid geklagt.

„Vielleicht hat Herr Schneider einen Apfel für dich, er lagert sie", sagte Liesel. „Den teilen wir uns dann."

„Wer ist Herr Schneider?", erkundigte Ilse sich neugierig, während sie mit dem Landmädchen durch die Gebäude hastete.

„Das ist der Hausmeister. Manchmal macht er das, wenn er ein neues Gesicht sieht. Er ist nett, nicht so grantig wie die Meier", klärte Liesel das Mädchen auf.

„Ich bin gespannt", sagte Ilse vorfreudig.

„Wir werden sehen, los beeil dich. Ich muss dir alles zeigen in der halben Stunde, die wir Zeit haben", sagte die Rothaarige drängend.

„Hier werden Englisch und Hauswirtschaft unterrichtet", erzählte Liesel, Ilse unterhakend und an dem gegenüberliegenden, kleineren Fachwerkhaus vorbeiziehend. Am Kopf des Hauptgebäudes entdeckte Ilse einen dunkelhaarigen, kleinen Mann mit einem dicken Bauch. In der Hand hielt er einen Korb. Die Rothaarige führte sie zu ihm.

„Herr Schneider, das ist Ilse Schäfer", sagte sie eifrig. „Stadtkind."

Herr Schneider nickte freundlich und griff in den Korb.

„Für dich gibt es einen Apfel von meinem Apfelbaum", sagte er freundlich. Sein Gesicht wurde zum Teil von einem buschigen Bart bedeckt, seine Augenbrauen waren struppig und stark ausgeprägt. Ilse bedankte sich und machte einen Knicks. Die beiden Mädchen hasteten über den Schulhof hinter der Schule.

„Wenn es heiß ist, wenn die Sonne brennt, sitzen wir unter den Bäumen", erklärte Liesel. Sie deutete mit dem Finger auf die vereinzelten Laubbäume am Rand des Schulhofs. „Heute setzten wir uns hier auf die Bank und essen den Apfel."

Ilse tat, wie ihr geheißen. Abwechselnd bissen die Mädchen in den schrumpeligen Apfel. Der klebrige Fruchtsaft tropfte ihnen aus dem Mund.

„Lecker", murmelte Ilse mit vollem Mund. „Schmeckt viel besser als die Äpfel von Frau Nolte."

„Was hast du mit zum Essen?", wollte Liesel wissen.

„Zuckerbrot", antwortete die Gefragte.

„Ich habe wie immer nur Wurst drauf, möchtest du mit mir tauschen?", fragte die Rothaarige hoffnungsvoll.

„Gerne. Nur Wurst? Was für Wurst? Oh Wurst", rief Ilse begeistert.

„Blutwurst von unserer Schlachtung", antwortete das Landmädchen.

Die beiden Mädchen machten sich über die Brote her. Satt und zufrieden spazierten sie Hand in Hand über den Hof.

„Wie alt bist du, Ilse?", erkundigte sich Liesel.

„Ich bin sechs Jahre alt", erklärte Ilse. „Und du?"

„Ich werde im April sechs", antwortete das Mädchen. „Die Glocke, wir müssen zurück in den Anhänger."

„Anhänger?", fragte Ilse verständnislos.

„Das Hauptgebäude ist der LKW, das Nebengebäude ist der Anhänger", erklärte Liesel grinsend. Gemeinsam kehrten sie ins Klassenzimmer zurück. Es war der Beginn einer innigen Freundschaft.

Bergerland, Juni 2016

Ilse legt den Stift beiseite. `Ich habe völlig die Zeit vergessen´, denkt sie, noch nicht ganz wieder in der Gegenwart zurück. Es ist immer noch warm an diesem Abend im Juni. Sie steht auf und streckt die steifen Glieder. Ihr Rücken schmerzt, und der linke Fuß ist eingeschlafen. Die Beine fühlen sich schwer an. Sie blickt an sich herunter und drückt mit dem Daumen leicht in ihre Wade. Ein deutlich sichtbarer Abdruck entsteht, der sich nur sehr langsam wieder zurückbildet. Durch das stundenlange Sitzen hat sich Wasser in den Beinen eingelagert. Seit einigen Jahren leidet sie an Ödemen. Sie beschließt, einen Abendspaziergang zu unternehmen. Kurz erinnert sie sich an das Geschirr vom Nachmittag, das sie noch spülen muss. `Es kann warten´, denkt sie gelassen. Gemächlichen Schrittes überquert sie die große Rasenfläche und öffnet die Gartentüre. Eine leichte Brise bringt das Laub der Bäume in Bewegung. Ihr Blick gleitet über das hügelige Land. Sie meint am Waldesrand hinter dem Maisfeld zwei Rehe zu erkennen. Die Augen zusammen kneifend beugt sie sich vor. Doch schon sind die zwei Schatten wieder im Inneren des dichten Laubwaldes verschwunden. Langsam geht sie weiter. Ihr Asthma macht sie kurzatmig. Doch sie hadert nicht damit. Sie ist froh, ihr Land noch für eine kurze Weile genießen zu können.

„Ilse", ruft jemand. Sie sieht sich suchend um. Ein alter Mann kommt die steile Wiese runter gehumpelt. Recht schnell erkennt die weißhaarige Frau, wer es ist.

„Karl", ruft sie ihm entgegen und hebt die Hand zum Gruß. Es ist der Bauer, dem der Hof auf dem Kopf des Hügels gehört. An ihn überweist sie die Miete für ihre kleine Hütte.

Karl bemüht sich, schnell zu ihr zu gelangen. Auf ihn wartend, bleibt sie stehen. Im Laufe der Zeit ist eine innige Freundschaft zwischen ihnen entstanden. Oft sitzen sie zusammen in Ilses Garten oder in der Hütte. Er besucht meist sie, sie kommt selten zu ihm.

„Ilse, ich hab uns selbstaufgesetzten Holunderbeeren Schnaps mitgebracht", sagt er keuchend. Er trägt ein rotweißkariertes, kurzärmliges Hemd und eine blaue, verschmutzte Latzhose. In seiner Hand hält er eine Flasche.

„Ich wollte mir gerade die Beine vertreten", sagt Ilse. „Aber ich kehre gerne mit dir um, und wir genehmigen uns ein Schlückchen." Ilse überlegt, ob sie ihm von ihrem Vorhaben berichten soll, sich von der Hütte zu trennen. Sie entscheidet sich dagegen. `Etwas Zeit ist noch´, denkt sie. Gemeinsam gehen sie die kurze Strecke zu Ilses Garten zurück. Karl setzt sich auf die Bank, und Ilse begibt sich ins Innere der Hütte. Kurze Zeit später gesellt sie sich mit zwei Schnapsgläsern zu dem Bauern. Er schenkt ihr *ein, und friedvoll beginnen die zwei alten Menschen zu trinken. Eine Zeit lang sitzen sie schweigend im Licht der Abendsonne. Es ist halb neun, die Tage im Juni sind lang. Trotzdem sitzt Ilse jetzt in eine Wolljacke gehüllt auf der Bank. Sie friert in letzter Zeit schnell.*

„Schläfst du heute hier?", möchte Karl wissen. Er hat eine Pfeife auf den Tisch gelegt, die er mit Tabak stopft.

„Sonst würde ich kein Schnäpschen mit dir trinken, Karl", sagt sie schmunzelnd. Der Bauer lacht.

„Weißt du, Karl, ich denke viel an früher in letzter Zeit", sagt sie leise.

„An Hartmut?", fragt der Bauer, genussvoll sein Pfeifchen rauchend.

Ilse schüttelt den Kopf.

„Nein", sie überlegt kurz, „oder doch. Natürliche denke ich an Hartmut. Aber ich erinnere mich an ganz früher, an meine Zeit in Rosenthal."

Gemächlich nickt Karl.

„Dafür ist hier der richtige Ort", meint er. Das Gespräch verstummt. Die beiden alten Menschen blicken über den Garten hinweg aufs Land.

Liesel, September 1945

„Was ist eine Atombombe?", fragte Ilse um acht Uhr am Abend die Mutter. Die Achtjährige lag in einem der zwei Betten, die im Schlafzimmer standen. Anna hatte die Kinderbetten entsorgt. Heinrich Rempel hatte der fünfköpfigen Familie zwei Betten gezimmert, die allen genügen mussten. Anna überlegte, was sie der Tochter antworten sollte. Sie entschied sich für die Wahrheit.

„Eine Atombombe ist die schrecklichste Waffe, die es überhaupt gibt", begann Anna leise. Rolf und seine Brüder schliefen bereits, nur Ilse fand keine Ruhe.

„Alle sprechen darüber, sogar meine Liesel", flüsterte das Mädchen.

„Eine Atombombe basiert auf Kernspaltung. Ich selbst verstehe es nicht, und du wirst es auch nicht verstehen", fuhr Anna fort. „Jedenfalls warfen die Amerikaner zwei dieser Bomben über Japan ab. Sie zerstörten damit die Städte Hiroshima und Nagasaki. Nach der Detonation stieg ein gewaltiger Pilz aus schwarzem Rauch in der Luft auf. Anschließend zerstörte eine Druckwelle die Gebäude und tötete die Menschen. Das Schlimmste aber ist, dass das Gebiet in den Städten und um sie herum komplett radioaktiv verseucht ist. Dort sterben die Überlebenden an den Auswirkungen der Strahlung." Anna hielt inne. Sie hoffte, es gut erklärt zu haben.

„Der Krieg ist zu Ende", meinte Ilse. „Warum gibt es keine Brotkarten mehr?"

Anna seufzte. Sie war müde von der Arbeit. Heinrich hatte ihr Tätigkeiten in den Haushalten zugewiesen. Für die Arbeit auf dem Feld war sie ungeeignet. Trotzdem war die Arbeit keine leichte. Sie musste putzen, waschen und kochen.

„Die Reichsregierung gibt es nicht mehr. Adolf Hitler beging Selbstmord, die Regierung wurde durch die Alliierten ersetzt", berichtete Anna der aufgeweckten Tochter. „Es wird sich alles einspielen. Du siehst ja die Soldaten, die unterwegs sind. Das sind unsere Herren. Sie werden uns beim Wiederaufbau helfen, glaube es mir, Ilschen." So optimistisch, wie sie es zu sein vorgab, war sie keinesfalls. Die Wahrheit war, dass sie die Soldaten fürchtete. Und sie sorgte sich, dass der Frieden noch schlimmer als der Krieg werden könnte. Damit teilte sie die Meinung eines großen Teils der Bevölkerung. Hier auf dem Land ging es ihnen jedoch weit besser als den Menschen in den Städten. Es gab weniger Vergewaltigungen und Raub seitens der gewaltbereiten Russen im Siegesrausch. Die in Frankenberg stationierten Amerikaner verhielten sich gegenüber den Besiegten friedlich. „Wir warten einfach ab, wie es weiter geht. Die Brotkarten werden wieder verteilt werden. Jetzt lass es gut sein, mein Engel. Wir müssen schlafen."

„In Ordnung, Mama. Schlaf gut", flüsterte Ilse. Wenig später war sie eingeschlafen. Anna lag noch lange wach, aufgewühlt durch die vielen Fragen der Tochter.

Einige Tage später erwartete Liesel ihre Freundin aufgeregt vor dem LKW.

„Ilse, du und die anderen Flüchtlinge, ihr bekommt ab heute eine `Quäkerspeise´", rief sie Ilse zu. Ilse wusste davon. Ihre Mutter hatte ihr am Morgen davon erzählt. Sie würde in der Schule eine warme Mahlzeit am Mittag erhalten. Ebenso Wilhelm und der frisch eingeschulte Gerhard. Für Rolf würde Ilse etwas mitnehmen. In ihrem Rucksack war ein Topf verstaut, den sie füllen durfte. Die Zuteilungen für die drei Schulkinder sollten für alle fünf Familienmitglieder reichen. Die Landkinder wurden bei der Kinderspeisung, wie die `Quäkerspeise´ eigentlich hieß, nicht berücksichtigt. Sie konnten wie gehabt von den Erträgen der Eltern ernährt werden. Nach dem Unterricht füllte Ilse zum ersten Mal den Topf mit warmer Suppe. Aber das Beste war das gewesen, das in der Pause verteilt worden war. Es hatte Erdnüsse, Kekse und Süßigkeiten gegeben. Darauf waren die Landkinder neidisch. Ilse hatte selbstverständlich mit Liesel geteilt.

„Kommst du heute zu uns in die Hühnerburg?", erkundigte sich die Rothaarige. Ihre dicken Zöpfe wippten. Das Mädchen hüpfte munter auf der Stelle. Ilse besaß endlich auch Zöpfe. Die Großmutter hatte vor Monaten mit Anna geredet. Daraufhin hatte die Mutter ihr erlaubt, die Haare wachsen zu lassen. Ilses Zöpfe waren wesentlich dünner als die der Freundin. Doch das störte sie nicht, so glücklich war sie über die schulterlangen Haare.

„Ich werde zunächst Großmama Frieda und Großpapa Friedrich und die Onkel verabschieden", erklärte sie. Die Schusters hatten ihr Haus in Wuppertal für das letzte dreiviertel Jahr verlassen und waren vor den Wirren der letzten Kriegsmonate zu den Schäfers auf die Neumühle geflüchtet. Zu ihrer großen Erleichterung wurden sie informiert, dass ihr Haus in der Teutonenstraße noch stünde. Jetzt hielt sie nichts mehr in Rosenthal. Heute würden sie die Heimreise antreten. Anna neidete ihren Eltern die Rückkehr in die Stadt. Sie hatte große Sehnsucht nach der Heimat. Doch sie sah keine Möglichkeit für sich und die Kinder in Wuppertal. Die Stadt lag größtenteils in Trümmern. Ilse war sehr erleichtert darüber, dass sie auf dem geliebten Land blieben. War sie doch froh, hier zu sein bei den Tieren und ihrer Liesel. Ihre Freundin lebte mit neun weiteren Geschwistern und den Eltern in einem großen, schwarzweißen Fachwerkhaus am östlichen Dorfrand. Verließ Ilse von dort aus Rosenthal und folgte der Bentreff, würde sie zur Neumühle gelangen. Gemeinsam gingen die Mädchen Richtung Osten. Wild feixend überholten sie mehrere Jungen, darunter auch Willy und Gerd. Vereinzelte Blätter der Laubbäume am Wegesrand färbten sich bereits bunt. In wenigen Tagen würde der Herbst beginnen. Die Sonne des frühen Nachmittags verschleierte ihr Gesicht mit Schäfchenwolken. Schnell erreichten die Kinder die Hühnerburg. Einige Hühner besaßen die Krumms zwar wie jede Bauernfamilie, doch die Dorfbewohner bezeichneten das Fachwerkhaus als ʼHühnerburgʻ wegen der zahlreich dort lebenden Kinder. Dort ging es auch zu wie in einem Hühnerstall. Rothaarige Kinder tobten mit den weißblonden Geschwistern, gackerten und wuselten durcheinander. Es war ein fröhlicher Haushalt, und die Krumms mochten das Stadtkind. Nach und nach hatte Ilse andere Flüchtlingskinder unter ihre Fittiche genommen und sie in die muntere Spielgruppe integriert. Sie spielten mit viel Fantasie, liebten das Seilspringen und warfen Bälle. Besonders beliebt war ein Ballspiel, das aus verschiedenen Proben bestand. Der Ball musste gegen das Scheunentor geworfen werden und mal mit dem Kopf, mal mit dem Bauch, mal mit dem Fuß und mit der Hand gefangen werden. Manchmal unternahmen Ilse und Liesel auch zu zweit etwas. Sie beschäftigten sich viel mit den Tieren der Noltes. Die Vermieterin und deren Eltern besaßen Enten, Kühe, Gänse, Schafe, eine rotgescheckte Katze und den zauberhaften, struppigen Dackel Seppl. Neben dem Haus in der Frankenberger Straße stand ein Stall für die Schweine und Kühe. Nebenan gab es eine Scheune für Getreide, Heu und Stroh. Eine

Ecke darin war für das Holz der Schäfers reserviert. Ein winziger Verschlag beherbergte die fünf Schafe, wenn diese nicht mit dem Schäfer unterwegs waren. Ilse liebte die Tiere. Besonders begeisterten sie die Schafe.

„Wiedersehen, Ilschen", sagte Liesel, als sie die Hühnerburg erreichten. Ilse winkte der Freundin zum Abschied und verließ das Dorf. Mit großen Schritten eilte sie zur Neumühle.

Minz, April 1946 – Oktober 1950

„So eine Gemeinheit", rief Ilse empört. Liesel und sie spielten am Fluss, als Roderich auftauchte. In der Hand hielt er ein winziges, schwarzes Kätzchen. „Ich weiß, was der blöde Roderich vorhat." Sie fasste die Freundin an der Hand und rannte los. Liesel war klein und zierlich. Sie hatte Mühe, mit Ilse Schritt zu halten. Diese war groß und eine gute Essensverwerterin. Die ihr von den Bauern für die Arbeit gegebenen Stullen mit Leberwurst, die fette, frische Landmilch und die Kinderspeisung hatten das ausgehungerte Flüchtlingskind zu einem kräftigen Landkind werden lassen.

„Roderich, du wirst doch nicht das Kätzchen ersäufen wollen", schrie sie aus Leibeskräften. Der rothaarige, junge Mann mit dem schütteren Haar blieb stehen und drehte sich um. `Ein wildes Ding, die Ilse. Die wird mal ein fesches Mädel´, dachte er im Stillen.

„Was geht dich das an, Mädchen", antwortete er jedoch unwirsch. „Ich mache, was ich möchte. Vater sagte, wir würden das Ding nicht los. Gibt zu viele Katzen. Vermehren sich wie verrückt. Die hier kommt jetzt in die Bentreff." Entschlossen kehrte er den Mädchen den Rücken und ging weiter zum Fluss. Doch so leicht gab Ilse nicht auf. Sie ließ Liesels Hand los und folgte dem Bauerssohn.

„Roderich, bitte, bitte. Gib mir das Kätzchen. Ich nehme es", bettelte sie.

Der junge Mann hielt inne. Einen Moment zögerte er. Schließlich zuckte er mit den Schultern und hielt dem Mädchen das Tier hin.

„Also bitte, wie du möchtest", sagte er gleichgültig. „Wenn du es nicht behalten darfst, kannst du zusehen, wie du es loswirst." Erleichtert nahm Ilse das Katzenkind in die Hände. Roderich war augenblicklich vergessen. Noch nicht einmal den einsetzenden Nieselregen nahm sie wahr. Roderich beobachtete sie einen Moment, dann ging er zurück zum Dorf.

„Süß, das Kleine", sagte Liesel aufgeregt. „Lass uns schnell deine Mutter suchen, los."

Ilse hob ihren knielangen Rock hoch und bettete das zitternde, winzige Wesen darin. Dabei sprach sie beruhigend auf es ein. Sie fanden die Mutter schließlich auf dem Hof des Bauern Ruperts. Sie kniete auf dem Küchenboden und schrubbte ihn.

„Mama, sieh mal", rief Ilse.

Anna blickte überrascht zu der Tochter auf.

„Ilse?", fragte sie erstaunt.

Kurz berichteten die Mädchen Anna von den Ereignissen des schulfreien Vormittags. Es war Karfreitag im Jahr 1946. Die kommenden Ostertage würde auch Anna ausruhen können. Doch heute brauchte Bauer Rupert dringend ihre Hilfe. Dafür bekam sie etwas für ihren

Weidenkorb. Kartoffeln, Steckrüben, etwas Speck und sogar ausreichend Gerstenmehl, um ein Brot zu backen.

„Wenn sie bei dir bleibt, darfst du sie behalten", beruhigte sie die Tochter. „Ich helfe dir, doch es ist deine Katze. Du musst für sie sorgen."

Anna freute sich. Sie gönnte der tierliebenden Ilse die schwarze Katze. Das Mädchen war außer sich vor Freude.

„Minz", flüsterte sie zärtlich. „Ich nenne dich `Minz´."

„Wenn ihr schon einmal hier seid, könnt ihr den Korb heimtragen. Nehmt das Mehl und bringt es in die Bäckerei. Bäcker Max soll ein Gerstenbrot davon für uns backen", befahl die Mutter. „Und klopft vorher bei Frau Rinke und fragt, ob sie auch Mehl für den Bäcker hat. Sollte das der Fall sein, nehmt ihr es mit."

„Machen wir, Mama", antwortete Ilse, die Katze zart hinter den winzigen Öhrchen kraulend.

Frau Nolte hieß mittlerweile Rinke mit Nachnahmen. Sie hatte ihren Freund Adam Rinke geheiratet, der unversehrt aus dem Krieg zurückgekehrt war. Ilse und die anderen Flüchtlingskinder mussten den Bauern ebenfalls zur Hand gehen in der schulfreien Zeit. Sie mussten Heu aufsammeln und andere Tätigkeiten ausüben, die ihnen zumutbar waren. Dafür gab es mal ein geschmiertes Brot und Milch, mal eine andere Leckerei. Ilse war überwiegend auf der Obermühle. Den Hof führten die Brüder Fritz und Heinrich Fischer. Ilse nannte die beiden den `guten Fischer ´und den `schlechten Fischer´. Fritz gab Ilse immer reichlich zu essen, bevor sie zu arbeiten begann. Heinrich jedoch ließ sie erst schuften, und er war äußerst geizig. Die Mutter der beiden Brüder nannte

Ilse `Oma Fischer´. Wenn sie das Mädchen in die Bäckerei schickte, um Brotlaibe für die Mühlenbewohner zu holen, nahm sie sechs Laibe für die Familie und ließ einen Laib Ilse. Außerdem steckte sie dem Kind heimlich Gläser mit Rübenkraut zu.

Am Fenster hatten sich Eiskristalle gebildet. Vorsichtig öffnete Ilse es etwas. In den frühen Morgenstunden wurde sie meist vom Maunzen ihrer Katze geweckt. Zwei Jahre waren sie jetzt schon unzertrennlich. Sogar auf dem Schulweg begleitete sie das Tier. Und pünktlich nach Schulschluss kam es dem Mädchen entgegen. Nur nachts trennten sich die Wege der ungleichen Freundinnen. Minz ging auf die Jagd. Gegen vier Uhr am Morgen kam sie in der Regel zurück. Sie machte sich miauend bemerkbar, und Ilse ließ sie ins Schlafzimmer. An diesem Tag im Dezember 1948 war es draußen bitterkalt. Der Holzofen in der Küche brannte. Die Schäfers im Schlafzimmer waren unter sehr dicke Decken gekuschelt. Ilse zitterte vor Kälte, während sie beobachtete, wie Minz die mit wildem Wein bewachsene Fachwerkhauswand zum Balkon hochkletterte.

„Minz, Minz", wisperte sie.

Wie fast immer hatte die schwarze Katze eine lebende Maus im Mäulchen. Die Maus war jedoch schwer angeschlagen. Minz flitzte mit ihr durch das Schlafzimmer in die warme Küche. Ilse huschte leise hinterher. Jetzt begann das ungewöhnliche und für viele befremdliche Ritual. Minz legte Ilse die Maus vor die Füße. Diese nahm das graue, blutende Fellknäul in die Hand und warf es durch die Gegend. Minz jagte der Maus nach, fing sie und brachte sie Ilse erneut. Einige Male musste Ilse das Spiel wiederholen, bis Minz schließlich mit der Maus hinter dem Holzofen verschwand. Dort verspeiste sie genüsslich ihre Beute, und das Mädchen beseitigte rasch die Blutpuren auf dem Küchenboden. Leise ging sie zurück ins Schlafzimmer und kuschelte sich neben die schlafende Mutter ins Bett.

„Ach, Ilse", murmelte Anna schläfrig. „Du und deine Minz."

Es herrschte reges Treiben an diesem verregneten Nachmittag im November 1949. Anna Schäfer und Martha Krumm schnitten die in der Bäckerei abgeholten Kuchen an. Es gab Butterkuchen und Apfelkuchen. Liesels Mutter schenkte der Freundin ihrer Tochter zum zwölften Geburtstag die Feier in der geräumigen Hühnerburg. Die Wohnung der Schäfers in der Frankenberger Straße bot nur sieben Kindern Platz, und zu dieser Jahreszeit musste drinnen gefeiert werden. Zu den zehn Kindern der Krumms und den vier Schäferskindern gesellten sich einige Flüchtlings- und Nachbarskinder. Emma und Paul Schäfer waren nicht anwesend. Sie hatten erklärt, es sei ihnen zu unruhig in der Hühnerburg. Ilse trug ein rotes Kleid mit weißen Punkten. Darüber eine gestrickte, weiße Jacke. Die weißen Halbschuhe waren schmal geschnitten. Ihre Zöpfe wurden von roten Schleifen zusammen gehalten. Seit der Währungsreform vom Juni 1948 gab es in den Läden wieder alles zu kaufen. Nach der Inflation wurden die Reichsmark und die Rentenmark eingezogen und durch die neu eingeführte Deutsche Mark ersetzt. Nach anfänglicher Zurückhaltung der Händler stabilisierte sich nach einiger Zeit der Zustand im Land. Die Alliierten verteilten ein Kopfgeld, um die Anfangsschwierigkeiten im Rahmen zu halten. Die Lohnzurückhaltung wurde aufgehoben. Die Menschen erhielten wieder Geld für ihre Arbeit. Den Bauern auf dem Land ging es gut, und die Schäfers profitierten in Rosenthal von der insgesamt sich entspannenden Lage der Nation. Ilse füllte ihr Kleid gut aus, es zeichneten sich bereits leichte Rundungen der knospenden Brust unter dem Stoff ab. Nach langer Zeit der Entbehrung langten sie, Anna und ihre Brüder beim Essen kräftig zu. Anna verwendete großzügig Butter und Fett bei der Zubereitung der Mahlzeiten. Ihre Figur gewann zunehmend an Fülle. Sie musste sich neu einkleiden. Emsig arbeitete sie für ein Einkommen auf den Höfen. Die Kinderarbeit wurde weiter mit Naturalien entlohnt und zeitweise gar nicht. Trotzdem hatten die Alliierten die Kinderspeisung eingestellt.

„Liesel, schau nur auf meinen Gabentisch", plapperte Ilse fröhlich.

Ihre ein Jahr jüngere Freundin sah noch knabenhaft aus. Sie trug das dicke rote Haar jetzt kurz. Vor einigen Monaten hatten die Dorfkinder unter Ungezieferbefall gelitten. Martha Krumm hatte das Problem bei der Tochter nicht in den Griff bekommen. Kurzentschlossen hatte sie der weinenden Liesel den Kopf geschoren. Mittlerweile hatte das Mädchen sich an den Kurzhaarschnitt gewöhnt, und auch Ilse war der zunächst ungewohnte Anblick inzwischen vertraut.

„Kinder", rief Anna laut. Sie stand in der Mitte des Esszimmers und hielt einen Kochlöffel in der Hand. Diesen verwendete sie als Dirigierstab. „Wir wollen singen für das Geburtstagskind."

Sie stimmte eine fröhliche Weise an, und die Kinder sangen aus vollem Hals mit. Anschließend brüllten alle im Chor: „Hoch soll sie leben, dreimal hoch."

Ilse strahlte übers runde Gesicht. Nun wurden alle zu Tisch gebeten. Mit großem Appetit machten sie sich über das Backwerk her.

„Wann darfst du endlich deine Geschenke auspacken?", flüsterte die neugierige Liesel mit vollem Mund.

„Weiß nicht", wisperte Ilse schulterzuckend zurück.

Nachdem alle Teller und Tassen geleert waren, ging die ersehnte Bescherung los. Begeistert packte Ilse als Erstes das Päckchen der Wuppertaler Schusters aus. Es enthielt ein Poesiealbum, das auf der ersten Seite von den Großeltern beschrieben war. Jubelnd zeigte sie das Buch der Runde. Liesel hatte ihr ein Katzenbild gemalt, das Minz darstellen sollte. Von der Mutter gab es ein paar Winterstiefel, und die Großeltern aus der Neumühle hatten ihr ein kleines Schaf eingepackt, dessen Fell aus echter Schafswolle bestand. Überglücklich und überschwänglich bedankte sich Ilse bei allen. Als Nächstes begann das Spieleprogramm.

„Schrecklich", sagte Anna zu Johanna Rinke.

„Sie sind überall", stellte diese kopfschüttelnd fest. Sie standen vor dem Kartoffelfeld und betrachteten sorgenvoll den Boden. Ratten wuselten hin und her. Sie huschten nicht nur über die Felder, auch in Rosenthal waren die Menschen bemüht, sie von den Fachwerkhäusern fernzuhalten. Johanna streichelte über den Kopf des

Säuglings, der, in ein Tuch gewickelt, ihr um den Bauch gebunden war. Ein weißblonder Flaum spross auf dem kleinen Kopf.

„Es wird mir alles zu viel, Anna", seufzte die Bäuerin. „Ich muss aufs Feld. Anna, kannst du dich um Kurt kümmern? Ilse kann dir helfen, wenn sie nicht in der Schule oder auf dem Feld ist."

Anna nickte zustimmend. `Das wäre eine feine Arbeit, wenn sie mir bezahlt wird´, dachte sie erfreut.

„Gerne, doch was wird mit den Haushalten der Bauern, die ich führe?", fragte sie sorgenvoll.

„Ich sprach mit Rupert und Heinrich", erklärte Johanna. „Rupert sieht sich nach einer Hilfe um, und Heinrich meinte, Ilse könne einen Teil deiner Aufgaben übernehmen. Natürlich erst nach der Kartoffelernte. Da müssen deine vier uns helfen."

„Und was ist mit meiner Entlohnung?", erkundigte sich Anna vorsichtig. Obwohl es nicht warm war an diesem nebeligen Herbsttag Anfang Oktober 1950, stand ihr der Schweiß auf der Stirn. Ihre Figur geriet langsam aus den Fugen. Deswegen fiel ihr die körperliche Arbeit bei den Bauern zunehmend schwerer.

„Du wirst es nicht bereuen", versicherte Johanna ihr. „Und Ilse wird dreizehn. In knapp zwei Jahren wird ihre Schulpflicht enden, dann wird sie wie eine Erwachsene bei den Bauern arbeiten können."

`Ilse arbeitet gerne auf dem Land. Das Leben hier liegt ihr mehr als mir´, dachte Anna bekümmert.

Die beiden Frauen wurden sich einig. Anna wunderte sich nicht darüber, dass die Eltern von Johanna mit der Versorgung des Enkels überfordert waren. Sie waren merkwürdige Landleute, lebten zurückgezogen im Obergeschoss. Froh, die harte Arbeit den Jüngeren überlassen zu können, scheuten sie den Umgang mit den Windeln und das Säuglingsgeschrei. So wurde Anna Schäfer zur Ziehmutter von Karl Rinke.

Die Rattenplage strafte weiter Rosenthal und Umgebung. Gemeinsam entschieden die Bauern, großflächig ein starkes Rattengift zu verstreuen. Tiere mussten in ihren Stallungen bleiben, und die Dorfbewohner versuchten einige der Katzen im Haus zu schützen. Ilse war in großer Sorge um ihre Minz. Es gelang ihr nicht, sie im Haus zu halten. Sie war trächtig, der Bauch gerundet. Auf dem Weg zu den Feldern der Rinkes brach es Ilse das Herz, die Katzenleichen sehen zu müssen. Tränen liefen ihr über die Wangen, während sie mit bloßen Fingern, auf dem Boden kauernd, die Kartoffeln aus der Scholle puhlte. Von der Arbeit schmerzten ihr die Finger, was ihr noch mehr Tränen in die Augen trieb. Der Boden war nass und kalt. Es hatte geregnet. Sie hatte zwei Körbe, in die sie die Kartoffeln nach ihrer Größe sortierte. In einen Korb wanderten die großen Kartoffeln. In den zweiten Korb warf sie die kleinen Exemplare. Das waren die sogenannten Saukartoffeln, die dem Vieh zum Fressen gegeben wurden. Waren ihre Körbe gefüllt, brachte sie diese zum Wagen, der, wie zu dieser Zeit üblich, von zwei Kühen gezogen wurde.

Es dauerte seine Zeit, bis das gestreute Gift seine erwünschte Wirkung zeigte, und die Ratten vernichtet waren. Hatte es zuvor einen Überfluss von Katzen gegeben, waren sie nun selten geworden. Das wiederum hatte zur Folge, dass sich im Spätherbst die Mäuse vermehrten. Die vier Jungen von Minz, die zu Ilses großer Erleichterung überlebt hatte, waren gefragt. Die Schäfers hatten beschlossen, der Katze ein Kind zu lassen, ein Kätzchen mit weißer Schwanzspitze. Doch der Nachbar der Rinkes, Ferdinand Müller, bekundete wiederholt sein Interesse. Nach einigen Tagen gab Anna doch nach. Das Fellknäul würde in der direkten Nachbarschaft bleiben. An einem Freitagmorgen war es soweit. Die traurige Ilse musste dem Bauer Müller das Mienchen überlassen. Den ganzen Tag hielt das Mädchen sich auf dem Grundstück der Müllers auf, doch von Mienchen war keine Spur zu sehen. Schließlich fragte sie den vom Feld heimkehrenden Bauern, wo das Mienchen sein könne.

„Aufm Speicher", nuschelte dieser.

„Auf dem Speicher?", wiederholte Ilse fragend.

„Ja. Da muss es bleiben. Es soll sich daran gewöhnen, dass es dort zu jagen hat", erklärte Ferdinand Müller.

„Aber Mienchen ist noch so klein", begehrte Ilse empört auf. „Sie kann nicht den ganzen Tag auf dem dunklen Speicher verbringen."

„Sie muss", sagte der Bauer bestimmt. „Hast du keine Arbeit, dass du bei mir rumlungern kannst?", fragte er bissig.

„Ich versorgte schon mehrmals den Karl heute. Ich helfe meiner Mutter mit dem Kleinen", verteidigte Ilse sich.

Die Kartoffeln waren geerntet und nach und nach wurden ihr auch Aufgaben im Haushalt zugeteilt.

„Ist gut, ist gut", murmelte Ferdinand gutmütig. Fast alle mochten das rundliche, aufgeweckte Mädchen mit den klaren, graugrünen Augen. Dennoch würde seine Katze auf dem Speicher bleiben müssen.

Am Sonntagmorgen darauf schaute Ilse aus dem Fenster. Es war sechs Uhr, und Minz war noch nicht von der Jagd zurück. Nach einiger Zeit entdeckte sie ihre Katze. Minz war den Kirschspalierbaum raufgeklettert und quetschte sich auf dem Nachbargrundstück durch das Speicherfenster des Bauers.

„Mein Gott", rief das Mädchen aus.

Mit weit aufgerissenen Augen beobachtete sie, wie Minz wieder auftauchte, das Mienchen mit dem Kopf vor sich her stupsend. Die zwei Tiere erreichten sicher den Boden. Mienchen folgte der Mutter zum Heimathof.

Noch an diesem Tag bemerkte Bauer Müller das Verschwinden von Mienchen. Er verdächtigte Ilse, das Tier befreit zu haben. Entrüstet schimpfte Anna, dass ihre Tochter keine Diebin sei.

„Meine Minz holte ihr Kätzchen", rief das Mädchen aufgeregt. „Sie wird sie immer wieder holen. Da bin ich mir sicher."

Gemeinsam überlegten die drei, was zu machen sei. Schließlich einigte man sich darauf, beide Katzen auf den Speicher zu schicken. Ilse war darüber zunächst unfassbar traurig. Sie verlor ihren Appetit und viel Gewicht. Nach einigen Wochen jedoch begann Minz ihre Freundin zu besuchen, und Ilse erholte sich langsam von dem Verlust. Zwei Jahre später kehrte die Katze für immer auf den Hof der Rinkes zurück. Doch Ilse hatte eine neue Aufgabe gefunden.

Lisa, Juni 1952 – Januar 1954

Er war froh, die Tür des Sägewerks ein letztes Mal schließen zu können. Er hasste die Arbeit im Staub der Sägespäne. Oft hatte er das Gefühl, er würde nicht recht atmen können. Wilhelm war ein attraktiver, junger Mann. Groß, schlank, dunkelhaarig, die Arme von der körperlichen Arbeit gestählt, zog er die Aufmerksamkeit der Landmädchen auf sich. Doch er machte sich nichts aus ihnen. Er träumte davon, in die Stadt zurückzukehren und dort eine Ausbildung zu beginnen. Er hatte seine Großeltern in Wuppertal gebeten, für ihn einen geeigneten Arbeitsplatz zu finden. Seine Mutter war verständnisvoll, sehnte sie sich doch ebenso nach der Heimat. `Für Ilse ist das Land der richtige Ort. Sie ist rund und hat das breite Gesicht der Landmädchen´, dachte er, zügig zur Frankenberger Straße gehend. Wilhelm war knappe neun Jahre alt gewesen, als die Bomben Wuppertal zerstört hatten. Neun Jahre in Rosenthal waren genug. Sein Traum war endlich wahr geworden. Er durfte eine Ausbildung zum Versicherungskaufmann in Wuppertal beginnen und im Haus der Großeltern in der Teutonenstraße leben. Morgen früh würde er mit dem Zug in die Heimatstadt reisen.

Er öffnete die Haustür und stieg die Treppenstufen in die erste Etage rauf. Die heutige Nacht würde die letzte sein, in der er das Bett mit den Brüdern teilen musste. Der pummelige Gerhard schnarchte, und dem elfjährigen Rolf lief selbst nachts die Nase.

„Willy?", rief die Mutter aus der Küche.

Es roch nach saurem Bohneneintopf, eines der wenigen Gerichte aus Kriegszeiten, das die Familie noch gerne aß. Milchsauer vergorener Kohl und ebensolche Bohnen hatten mit der Roten Beete die Hauptnahrungsmittel gebildet.

Er trat in die kleine Küche und ging zu Anna. Die ihren Kindern innig zugetane Frau nahm ihren Ältesten fest in den Arm. Wilhelm konnte unter ihrem Kittel das Korsett spüren, das sie seit einiger Zeit trug. Meist half Ilse ihr beim Schnüren. Anna schämte sich für ihre aus den Fugen geratene Figur. Die Brüder saßen schon auf ihren Stühlen am Tisch. Ilse half der Mutter beim Servieren. Wilhelm war der Einzige, der sich beim Essen zurück hielt. Er verzichtete auf die grobe Mettwurst und die Speckschwarten. Trotzdem glänzte der Eintopf vor Fett. Er schmeckte köstlich. Anna verstand ihr Handwerk. Meist aß die Familie am Mittag ohne Wilhelm, weil dieser im Sägewerk war. Doch der zweijährige Schimmel, wie sie den jungen Kurt Rinke wegen seiner weißblonden Haare nannten, und das zweitgeborene Kind von Johanna Rinke, Lisa in ihrer Wiege, waren bei der Mittagsmahlzeit in der Regel dabei. Anna verdiente ihren Lebensunterhalt mit der Kinderbetreuung, und ihre Tochter, die mit vierzehn Jahren nicht mehr die Schule besuchte, hatte einen Narren an dem kleinen Mädchen gefressen. Sie behandelte das Kleinkind wie eine lebende Puppe. Wenn sie von ihrer Arbeit auf den Feldern zurückkam, nahm sie als Erstes den von Johanna Rinke auf den Türsturz gelegten Wohnungsschlüssel an sich. Sie war nicht weiter in die Höhe gewachsen im letzten Jahr, sondern in die Breite. Sie musste sich arg recken, um an den Schlüssel zu gelangen. Deswegen gewöhnte sie sich an, einen Holzscheit zu nehmen und draufzusteigen. Sie konnte nicht schnell genug zu ihrer Lisa kommen.

„Bist du nicht traurig, Willy, dass du uns verlassen musst?", wollte Ilse jetzt wissen, sich den fettigen Mund abwischend.

'Den Bauernsöhnen gefällt Ilse, das fiel mir in den letzten Tagen auf. Sie mögen gebärfreudige Hüften und volle Gesichter', dachte Wilhelm. Dass die Schwester wunderschöne, graugrüne Augen hatte und einen Mund, geformt wie ein Herz, fand der junge Mann entzückend an Ilse.

„Ach, Ilschen, natürlich werde ich euch vermissen", antwortete er. „Aber was habe ich hier für eine Zukunft? Soll ich in ein paar Jahren an einer Staublunge sterben oder mir den Rücken krumm arbeiten?"

Energisch schüttelte Wilhelm den Kopf.

„Ich werde dich besuchen, sobald ich kann", versprach Anna.

„Komm, Ilschen, lass uns einen Spaziergang unternehmen und ein wenig plaudern ein letztes Mal", schlug er der Schwester vor.

Wenig später schlenderten die zwei Arm in Arm durch den warmen Juniabend. Das Korn wuchs auf den Feldern. Die Atmosphäre auf dem Land war friedlich. Sie gingen an der Hühnerburg vorbei, wollten an der Bentreff entlang zur Neumühle spazieren. Die rothaarige Liesel saß mit drei ihrer Geschwister auf der Bank vor der Haustür und erfreute sich der Abendsonne. Mit zunehmendem Alter verblassten ihre Sommersprossen. Ihr für ein Landmädchen ungewohnt schmales Gesicht war aufgrund ihrer Pigmente nur wenig gebräunt. 'Die Liesel könnte mir gefallen, wenn sie älter wäre', dachte Wilhelm im Geheimen.

Ilse und ihr Bruder winkten den Kindern zu und gingen ihren Weg zu den Großeltern zu Wilhelms Abschiedsbesuch weiter.

Der April zeigte sich 1953 wechselhaft. Ilse hatte Lisa am Mittag nach dem Essen in eine dicke Jacke gepackt und ihr eine Mütze aufgesetzt. Sie schob die Einjährige in einem Kinderwagen vor sich her und spazierte fröhlich durchs Dorf. Sie fühlte sich reich beschenkt mit ihrem Leben auf dem Land. Sie liebte ihre Arbeit bei Oma Fischer auf der Obermühle. Es war selbstverständlich, dass sie weiterhin überall half. Doch die meiste Zeit verbrachte sie bei den Fischers. Auch jetzt noch verwöhnte Bertha Fischer das Mädchen gerne. Heute hatte sie ihr zwei Stücke des vom gestrigen Tag übrig gebliebenen Apfelkuchens gereicht. Direkt zu Beginn des Vormittages auf der Mühle durfte Ilse ihn, dick mit fetter Sahne bestrichen, genießen. Voller Freude hatte Ilse sich am Mittag auf den Heimweg gemacht, Lisa frisch gewickelt, die dreckige Windel ausgewaschen und mit der Mutter das Essen zubereitet. Trotz der Wolkendecke und des Windes genoss Ilse den Anblick des Landes. Vereinzelt sprossen die ersten Osterglocken. Die Natur erwachte aus dem Winterschlaf.

„Lieschen, was meinst du, sollen wir beim Schmied vorbeischauen?", fragte sie das friedlich lächelnde Mädchen in dem Kinderwagen aus Holz.

Ilse hatte ein Auge auf den Lehrjungen des Schmiedes geworfen. Dieses Jahr fiel ihr zum ersten Mal auf, dass sie bei den Landjungen großes Interesse erweckte. Einem Trick der Mutter hatte sie es zu verdanken, dass ihre dünnen Zöpfe ab waren. Anna hatte die Tochter unter eine Trockenhaube gesteckt und ihre Haare auf Wickler gedreht. Ilse hatte nicht gemerkt, dass die Mutter nur den Ansatz aufgedreht hatte und den Rest gnadenlos abschnitt. Nach anfänglicher Aufregung hatte sie jedoch schnell gemerkt, dass ihr der gewellte Kurzhaarschnitt besser stand. Jetzt genoss sie die Aufmerksamkeit der Jungen und Männer und zwinkerte dem einen oder anderen gerne zu. Fritz, der Lehrjunge des Schmiedes, war in seinem zweiten Lehrjahr. Seine Muskeln waren stark ausgeprägt von der schweren Arbeit mit dem Stahl. Den Kinderwagen munter schiebend, gelangte sie rasch zur Schmiede. Die großen Flügeltüren des breiten Fachwerkhauses standen weit auf. Der Geruch von Feuer drang an Ilses Nase.

„Hallo, Herr Kunze", rief sie dem Schmied zu und betrat die Schmiede.

Der breitschultrige Mann mit dem gegerbten Gesicht sah erfreut auf. Wie die meisten Dorfbewohner mochte er das unbekümmerte Stadtmädchen. `Sie hat sich prächtig gemausert´, dachte der Schmied. Verstohlen betrachtete er die gut ausgeprägten Rundungen des Mädchens, das volle Gesicht und die funkelnden Augen.

„Tagchen, Ilse, kümmerst du dich wieder um die kleine Rinke?", fragte er lächelnd, seine Arbeit am Schmiedeofen kurz unterbrechend. „Fritz", rief er in den angrenzenden Raum, „komm mal her und hilf mir beim Ofen. Ich habe Besuch."

„Bin schon unterwegs", antwortete Fritz und war alsbald bei ihnen.

Er grinste, als er Ilse und den Kinderwagen sah. Kurz zwinkerte er und nahm dem Schmied das Eisen aus der Hand. Ilse zwinkerte kess zurück. Der Schmied bemerkte es nicht. Stolz präsentierte er seinem Gast das Tagewerk. Eine Zeit lang plauderte das Mädchen mit dem alten Mann, verstohlen Blicke mit Fritz austauschend.

Nach einiger Zeit tauchte überraschend Roderich Rempel auf. Der Mann hatte vor einigen Monaten beide Eltern an der Influenza verloren. Jetzt musste er allein seine Felder beackern. Ilse wusste, dass er sie gerne als Arbeitskraft hätte. Nur Bertha Fischer hatte sie es zu verdanken, dass ihr das Arbeiten bei dem Glatzkopf erspart blieb. Die Fischers bestanden drauf, Ilse auf der Obermühle zu behalten. Manchmal fühlte sich Ilse von Roderich beobachtet, da dieser öfters in ihrer Nähe auftauchte. Ilse fürchtete, er würde etwas von ihrer Zuneigung zu Fritz ahnen. Daher verabschiedete sie sich - scheinbar gleichgültig - von dem Schmied.

„War nett, mit Ihnen zu plaudern, Herr Kunze", sagte sie schnell. „Ihre Arbeit interessiert mich sehr."

„Wiedersehen, Mädchen", antwortete der Schmied freundlich. „Und grüß mir die Mutter."

„Hallo, Ilse", sprach Roderich die sich umdrehende Ilse an. „Wie geht es dir?"

„Gut", sagte das junge Mädchen kurz angebunden. Sie schob den Kinderwagen zum Ausgang. „Ich muss nach Hause. Das Lieschen braucht eine frische Windel."

Eilig verließ sie das Gebäude.

1954 war der Januar bitterkalt. Roderich Rempel benötigte dringend Hilfe im Haus und in den Ställen. Fluchend kehrte er das Stroh zusammen, das beim Ausmisten der Verschläge auf den Stallboden gefallen war. Außerdem sehnte er sich nach der deftigen Kochkunst der verstorbenen Mutter zurück. Die wechselnden Mägde, die für ihn kochten, putzten und wuschen, konnten die Mutter nicht ersetzen. Er brauchte eine dauerhafte Hilfskraft im Haus, eine, die ihm auch das einsame Bett wärmen würde. Er hielt in der Arbeit inne und dachte nach. ʼDie Ilse Schäfer hat ein Techtelmechtel mit dem Lehrjungen des Schmieds. Außerdem werfen die jungen Männer im Dorf ihre Augen auf das dralle Ding. Ich werde zu Anna gehen und es ihr berichten.ʼ

Kurze Zeit später klopfte er kräftig an der Haustür in der Frankenberger Straße. Anna Schäfers rundes Gesicht erschien im Fenster der ersten Etage.

„Anna, hast du Zeit für mich?", rief er ihr zu. „Ich muss mit dir sprechen."

„Warte kurz", rief Anna zurück, und ihr Kopf verschwand im Inneren ihrer Wohnung. Wenig später tauchte er wieder auf. „Hier", sagte sie. „Der Schlüssel."

Sie war zu bequem, die Treppe runter zu steigen, um ihm die Tür aufzuschließen. Stattdessen warf sie den Haustürschlüssel aus dem Fenster. Sie war allein mit der zweijährigen Lisa und dem vierjährigen Karl an diesem Vormittag. Ilse arbeitete bei den Fischers auf der Obermühle, Gerhard und Paul halfen in den Ställen beim Melken und Füttern des Viehs. Sie konnte etwas Abwechslung gebrauchen. Anna strich sich das Haar zurecht und dachte: ʼSeit dem Tod der Eltern ist der Roderich härter geworden. Seine Züge sind weniger weich, und er ist schlanker als früher. Er sieht gut aus, trotzdem er keine Haare mehr hat.ʼ

Der fünfunddreißigjährige Roderich nahm mehrere Stufen auf einmal. Er hatte es eilig. Die Wohnungstür stand auf, und er trat ein. Anna Schäfer saß am Küchentisch. Sie trug einen Kittel, und auf dem Herd kochte etwas, das nach Eintopf roch. ʿAnna Schäfer war mal eine schöne Frau. Jetzt platzt sie bald aus den Nähten. Sie kocht zu gut. Hoffentlich hat sie ihr Talent der Tochter vererbtʹ, überlegte er.

„Hallo, Roderich", begrüßte Anna ihn freundlich. „Setz dich doch."

Nickend nahm Roderich Platz. Die Wohnung der Schäfers war aufgeräumt und sauber. Die Hausfrauen machten ihre Arbeit gut.

„Was gibt es Wichtiges, Roderich?", erkundigte Anna sich neugierig.

Roderich wusste nicht, ob ihr Gesicht vor Aufregung rot angelaufen war. Früher hatte ihm ihr Wangenrot gefallen, jetzt störte ihn die auffällige Röte.

„Anna, es geht um Ilse", sagte er, die Ellbogen auf den Tisch stützend, und die Hände faltend. „Ich beobachte seit einiger Zeit, dass sie während und nach der Arbeit mit den jungen Männern schäkert. Selbst wenn sie mit ihrer Liesel unterwegs ist, scheut sie sich nicht, zu kokettieren."

„Erzähl keinen Blödsinn, Roderich", rief Anna empört aus. „Meine Ilse? Sie ist doch noch ein Kind, und das Lieschen ist ihr kleines Baby."

„Sicher, sicher liebt sie das Lieschen", sagte Roderich beschwichtigend. „Da sagt auch keiner was gegen. Sie kümmert sich rührend um die Kleine. Trotzdem stimmt es, was ich dir sage. Glaube mir."

„Nenn mir bitte mal Genaueres", bat Anna aufgebracht.

„Seit einem Jahr hat sie ein Auge auf den Schmiedefritz geworfen", beteuerte Roderich.

„Deswegen geht sie so oft dahin", erwiderte Anna fassungslos. „Ich wunderte mich schon über ihr großes Interesse an der Schmiede. Das passt gar nicht zu ihr. Roderich, sie wird doch nicht", Anna stockte, „sie werden doch nicht..."

„Nein, nein", beruhigte sie der Bauer. „Sie lächeln sich nur an und grüßen sich. Aber das kann sich ändern. Ilse ist jetzt in einem Alter, wo das Interesse am anderen Geschlecht erwacht."

„Ich werde ernsthaft mit ihr sprechen", sagte Anna fest.

Heftig schüttelte Roderich den haarlosen Kopf. Er griff über den Tisch nach ihren Händen und umschloss sie fest mit seinen Fingern.

„Ich habe eine viel bessere Idee."

Bergerland, Juni 2016

Ilse wird durch Karls lautes Schnarchen geweckt. Seine Pfeife raucht nicht mehr. Sie muss dem Bauern während des Schlafens aus dem Mundwinkel gefallen sein. Unversehrt liegt sie auf Karls Schoß. Verschlafen reibt Ilse sich die Augen. Sie muss lächeln. `Mit zunehmenden Alter vertrage ich den Alkohol schlechter´, denkt sie belustigt. Sie stupst den alten Freund sanft mit dem Zeigefinger an.

„Karl", sagt sie behutsam. „Wir sind eingeschlafen."

Der Bauer öffnet langsam die Augen.

„Wie spät ist es, Ilschen", erkundigt er sich verschlafen.

Ilse wirft rasch einen Blick auf ihre Armbanduhr.

„Einundzwanzig Uhr dreißig."

„Hilde wird warten", sagt Karl. „Ich mache mich auf den Heimweg. Schlaf gut, Ilschen."

Ilse freut sich. Lange nannte sie niemand mehr `Ilschen´. Seit ihrem siebzehnten Lebensjahr wird sie nicht mehr mit Kosenamen angesprochen. Auch Hartmut nannte sie nie `Ilschen´.

`Merkwürdig´, denkt sie, `dass ausgerechnet jetzt der Karl wieder damit beginnt.´

„Wiedersehen, Karl", sagt sie leise, den alten Mann in den Arm nehmend. „Schön, dass du mich besucht hast."

Sie sieht dem Bauern nach, wie er ihren Rasen überquert und die Tür öffnet und wieder schließt. Als er sich den steilen Weg zu seinem Gehöft hoch müht, wendet sie ihm den Rücken zu und betritt ihre Hütte.

„Ach, das Geschirr", ruft sie erschrocken aus. `Ich bin jetzt sowieso nicht mehr müde. Ich spüle es rasch weg´, denkt sie.

Sie lässt sich Zeit mit dem Abwasch. Generell nimmt sie sich Zeit für die Dinge. Nachdem sie das Geschirr in den Schrank geräumt hat, setzt sie sich an den Holztisch. Auf der winzigen Kommode gegenüber steht ein kleiner Fernseher mit einer Antenne. Sie schaltet ihn mit der Fernbedienung an. Im WDR läuft eine Dokumentation über Eisbären. Das interessiert sie. Alles, was die Natur zu bieten hat, fasziniert sie. Um dreiundzwanzig Uhr ist die Reportage zu Ende, und Ilse schaltet den Fernseher aus. Sie zieht ihr Nachthemd an und erledigt die letzten Tagesabläufe vor dem Zubettgehen. Schließlich schiebt sie den Tisch beiseite und zieht die Schublade unter der Bank raus. Sie entnimmt der Schublade ein Kissen und ein Oberbett, klappt die Lehne der Sitzbank um und legt das Bettzeug auf das so entstandene Bett. Zufrieden seufzend schlüpft sie unter die leichte Sommerdecke und schließt die Augen.

Roderich, Februar 1954 – November 1954

„Das möchte ich nicht", sagte Ilse stur.

„Es ist mir egal, dass du das nicht möchtest", erwiderte Anna Schäfer bestimmt. „Du hast zu machen, was ich dir sage. Und ich sage dir, dass du ab morgen nicht mehr auf der Obermühle, sondern auf dem Hof von Roderich Rempel arbeiten wirst. Und zwar den ganzen Tag."

Ilse war verzweifelt. Eben noch war sie guter Dinge von der Mühle heim in die Frankenberger Straße gelaufen. Pfeifend und vor sich hinsingend hatte sie Ausschau nach dem Fritz gehalten und sich auf das Lieschen gefreut.

„Und was wird aus dem Lieschen?", fragte sie die Mutter mit Tränen in den Augen.

„Ich komme schon zurecht", antwortete diese. „Ist schließlich nicht so, dass ich nicht mehrere Kinder gleichzeitig versorgen könnte. Du wirst schon noch Zeit für die Kleine finden."

Anna hatte mit Bertha Fischer gesprochen und ihr erklärt, dass bei dem Bauer Rempel Not am Mann sei. Die gutmütige Frau zeigte sich verständnisvoll, auch wenn sie Ilse nachtrauern würde. Doch sie verstand Annas Bestreben, die Tochter in die Obhut von Roderich Rempel zu geben. Er würde das Mädchen rund um die Uhr zu beschäftigen wissen und auf es aufpassen. So würde Ilse geschützt sein vor den Avancen der jungen Männer des Dorfes. Auf der Obermühle herrschte reges Kommen und Gehen. Auch Bertha Fischer war aufgefallen, dass die Männer begehrliche Blicke auf das Mädchen warfen. Roderich Rempel brauchte im Übrigen nach dem

Tod seiner Eltern wirklich Hilfe. So kam es, dass sie Ilse entlassen hatte.

Ilse rieb sich die Augen und dachte nach. Sie überlegte, dass es nicht zu ändern war. `Ich werde zu dem Roderich ins Haus und in die Ställe müssen. Aus ist es mit meiner Freiheit´, dachte sie niedergeschlagen.

„Warum auf einmal, Mama?", fragte sie nach. „Der olle Roderich benötigt schon lange Hilfe, und trotzdem durfte ich auf der Obermühle bleiben."

„Du bist jetzt alt genug, um einem Haushalt vorzustehen", erklärte Anna ernst. „Du weißt alles, was du wissen musst. Jetzt möchte ich nichts mehr hören."

So kam es, dass Ilse am nächsten Morgen im Februar 1954 um fünf Uhr in der Früh beim Bauer Rempel an die Tür klopfte. Ein gut gelaunter Roderich öffnete ihr.

„Morgen, Ilse", begrüßte er das Mädchen strahlend. „Komm, ich zeig dir alles. Jetzt im Winter wirst du überwiegend im Haus und in den Ställen zu tun haben."

Roderich führte sie durch das mehrstöckige Fachwerkhaus, zeigte ihr die Küche und den Waschbereich. Zuletzt ging er mit ihr zu den Ställen. Schweigend ließ Ilse alles über sich ergehen. Der Bauer war enttäuscht. Er hatte sich mehr Interesse von dem Mädchen erhofft.

„Bist du immer so gesprächig?", fragte er Ilse augenzwinkernd.

Diese legte den Kopf schräg und betrachtete den Bauern zum ersten Mal genauer. Er sah viel besser aus als früher. Seine Statur war nicht mehr verweichlicht. Er hatte an Gewicht verloren und Muskeln aufgebaut. Die schwere, körperliche Arbeit schien ihm zu bekommen.

`Vielleicht ist er doch nicht so übel´, dachte Ilse, obwohl sie ihm seine damalige Kaltblütigkeit Minz gegenüber immer noch verübelte.

Die Sechzehnjährige gewöhnte sich schnell an ihren veränderten Tagesablauf. Sie entwickelte einen Haushaltsplan, den sie Roderich stolz präsentierte. Dennoch dachte sie oft mit Wehmut an ihre Zeit bei den Fischers.

Einige Zeit später an einem Tag Ende April besuchte Ilse ihren Großvater auf der Neumühle. Sie hatte ihre Arbeit zügig erledigt, um am Nachmittag eher den Hof verlassen zu können. Die Großmutter war zu Besuch bei den Schusters in Wuppertal, so dass sie frei mit dem Großvater würde sprechen können. Paul Schäfer erwartete die Enkeltochter auf einer Bank vor dem Mühlrad sitzend. Das Wetter meinte es an diesem Tag gut mit ihnen. Es war zwar recht frisch, doch die Sonnenstrahlen waren Balsam für ihre Seelen. Großvater und Enkeltochter beschlossen, entlang der Bentreff weiter Richtung Osten zu spazieren. Aufgrund seines Pferdefußes kam Paul nur langsam voran. Mit zunehmendem Alter verschlechterte sich sein Zustand. Dennoch war er ein lebensfroher Mann und gerne in der Gesellschaft seiner munteren Enkeltochter.

„Großvater Paul", begann Ilse zögernd. Sie suchte nach den richtigen Worten. Sie wollte ein heikles Thema ansprechen. Irgendetwas hielt sie davon ab, sich Anna anzuvertrauen, obwohl diese das Geschehene herauf beschworen hatte. „Mama sorgte, wie du weißt, dafür, dass ich den Haushalt von Roderich Rempel führen muss", begann sie vorsichtig.

„Bist du sehr unglücklich, Ilse?", fragte Paul besorgt.

Ilse schüttelte verlegen den Kopf.

„Nein, Großvater", fuhr sie, ihre Worte sorgfältig ab-wägend, fort. „Das ist es nicht. Natürlich, am ersten Tag sträubte ich mich gegen die Veränderung. Doch dann begann mir meine neue Aufgabe Spaß zu machen."

Paul Schäfer betrachtete seine zu Boden sehende En-keltochter nachdenklich. `Sie wirkt ungewohnt erwach-sen, ein hübsches Ding´, dachte er.

„Roderich ist sehr freundlich zu mir", erzählte Ilse weiter. „Großvater Paul", sagte sie, stehenbleibend und dem alten Mann in die Augen sehend. „Wir haben uns ineinander verliebt."

Paul Schäfer fiel aus allen Wolken. Damit hatte er nicht gerechnet.

„Ilse, du bist sechzehn, und der Mann ist fünfunddrei-ßig", bemerkte er fassungslos.

„Stimmt nicht ganz", widersprach das Mädchen. „Er ist gerade erst fünfunddreißig geworden, und ich werde bald schon siebzehn."

Der Großvater lachte bitter auf.

„Bis November sind es noch ein paar Monate, Kind", entgegnete der alte Mann. „Wie auch immer, es ist ein Altersunterschied von achtzehneinhalb Jahren. Das geht doch nicht. Was denkt der Roderich sich nur dabei? Was hat er mit dir angestellt, Ilse? Sei ehrlich zu mir."

„Wir küssten uns", erzählte sie errötend. „Großvater, es gefiel mir gut."

„Weiß deine Mutter davon?", wollte Paul Schäfer ernst wissen.

Das Mädchen schüttelte nur den Kopf.

„Du wirst es ihr doch nicht verraten?", erkundigte sie sich besorgt.

Der alte Mann dachte nach. Natürlich würde er Anna informieren müssen, überlegte er.

„Versprich mir, keine Dummheiten zu machen", forderte er streng. „Lass dir nicht in jungen Jahren ein Kind andrehen. Sonst wirst du den Roderich heiraten müssen. Überlege dir gut, was du machst."

Schluchzend presste Ilse die Hand auf die brennende Wange. Die ansonsten gutmütige und liebevolle Anna Schäfer hatte der Tochter eine kräftige Ohrfeige verpasst.

„Wie kannst du nur?", schrie sie, aufgeregt in der Küche hin und her gehend. „Du hast Hausarrest."

„Wie?", heulte Ilse. „Ich muss doch zur Arbeit zum Roderich morgen."

„Einen Teufel wirst du", tobte Anna. „Dein Großvater erzählte mir alles, du kleine Schlampe. Lässt dich mit dem alten Roderich ein. Ich vertraute ihm, als er sich angeboten hatte, dich vor den Avancen der jungen Männer des Dorfes und vor dem Schmiedefritz zu schützen. Und jetzt macht er sich selbst an dich ran. Und du hast nichts Besseres zu tun, als dich darauf einzulassen."

Am Nachmittag hatte Paul Schäfer seine Schwiegertochter besucht und ihr alles erzählt. Anna war vor Schreck fast in Ohnmacht gefallen. Der Schwiegervater hatte einige Zeit benötigt, sie davon abzuhalten, zum Rempelshof zu laufen und den Bauern zur Rede zu stellen.

Jetzt saß die müde von der schweren Arbeit wieder zu Hause angekommene Ilse weinend am Küchentisch.

„Was machte der Roderich?", fragte sie unter Tränen. „Er war bei dir und verpetzte mich?"

„Und jetzt muss ich erfahren, dass er selbst an dir interessiert ist", tobte Anna, immer noch unruhig durch die Küche laufend.

„Erst zwingst du mich, meine geliebte Arbeit auf der Obermühle aufzugeben, und jetzt möchtest du, dass ich Roderichs Haushalt nicht mehr führe?", rief das Mädchen nun wütend. Die Tränenflut versiegte langsam, und die Wut gewann Oberhand.

„Das kannst du dir abschminken, Mama", schrie Ilse energisch. „Sonst werde ich allen Dorfbewohnern erzählen, dass der Roderich dich überredete, mich in seine Obhut zu geben", drohte sie erbost.

Anna trank einen großen Schluck Wasser und grübelte. `Gerüchte kann ich nicht gebrauchen´, überlegte sie. `Sollte Ilse ihre Drohung in die Realität umsetzen, stehe ich ganz schön dumm da.´ Sie setzte sich gegenüber ihrer Tochter an den Tisch und sah sie eindringlich an.

„Sollte der Roderich dir ein Kind andrehen, brauchst du nicht mehr zur Frankenberger Straße zu kommen", sagte sie hart. „Dann soll er sehen, wie er mit dir fertig wird. Ich möchte keine Tochter, deren Kind in Schande aufwachsen wird."

„Mama", sagte Ilse mit ruhiger Stimme. „Ich redete mit dem Roderich darüber. Er versprach mir, dass er es nicht zur Mussehe kommen lassen werde. Er liebt mich. Ich vertraue ihm."

„Ich vertraute ihm ebenfalls, Ilse", erinnerte die Mutter ihre Tochter.

Schweren Herzen ließ Anna Ilse ihren Willen.

Ilse war glücklich diesen Sommer. Früh am Morgen bereitete sie zunächst das Frühstück für Roderich und sich zu. Sie briet Eier in einer Gusseisenpfanne mit reichlich Speck, beschmierte das frisch angeschnittene Krustenbrot dick mit Butter, belegte es mit Blutwurst und Käse und goss fette Milch aus den Krügen in die Tassen aus Ton. Sie liebte diese Zeit mit Roderich. Sie aßen, redeten über die Ernte, das Vieh und über sich. Bevor der Bauer das Mädchen verließ, um seiner Arbeit nachzugehen, umarmte das Paar sich innig. Aus Küsschen auf die Wange wurden schnell leidenschaftliche Küsse, die ihr Herz schneller schlagen ließen. Wann immer die Arbeit es zuließ, entflohen die frisch Verliebten dem Hof und unternahmen kurze und lange Spaziergänge über das Land. Ilses graugrünen Augen leuchteten, so dass Roderich sich nicht satt sehen konnte an ihnen. War er zu Beginn eher für seine Zukunft vorsorgend die Beziehung angegangen, so erlag er mit der Zeit umso mehr dem Charme des Mädchens. Die Dorfbewohner redeten flüsternd über das ungleiche Paar, das versuchte, ihre Verbundenheit vor der Öffentlichkeit zu verbergen.

Eines schönen Sommertages im Juli spannte Roderich die Kühe vor den alten Holzwagen, mit dem sein verstorbener Vater vor Jahren die Familie Schäfer am Bahnhof in Frankenberg abgeholt hatte.

„Wohin fahren wir?", erkundigte sich Ilse aufgeregt. Nach dem Tagewerk war sie zurück zur Frankenberger Straße gelaufen, um sich zu erfrischen und den schlichten Arbeitskittel gegen ein leuchtend gelbes Sommerkleid zu tauschen. Die schweren Arbeitsschuhe hatte sie ausgezogen und war in weiße, leichte Schuhe geschlüpft. Die Feldarbeit hatte das Mädchen gebräunt. Roderich war entzückt vom Anblick des Mädchens.

'Wie soll es mir nur gelingen, mich bis zur Hochzeit von ihr fern zu halten?', fragte er sich im Stillen.

„Wir machen einen Ausflug nach Talhausen", informierte Roderich die Freundin.

Wie damals der Vater umfasste nun er Ilses Taille und setzte sie vorne auf den Wagen. Schwungvoll nahm er neben ihr Platz und schnalzte mit der Zunge. Die Kühe setzten sich langsam in Bewegung.

Die Fahrt über das von der Abendsonne beschienene Land genoss Ilse in vollen Zügen. Die beiden Verliebten hielten sich fest an den Händen. Schließlich erreichten sie Münchhausen. Dort stoppte der Bauer das Fuhrwerk. Sie sprangen vom Wagen und schlenderten engumschlungen durch den Wald entlang der Teichanlagen. Sie spazierten vorbei am Spiegelteich zum Fuß des sagenumwobenen Christenberges. Das Gebiet in der Talsohle wurde 'Talhausen' genannt. Nur wenige Menschen waren unterwegs. Roderich und Ilse erfreuten sich an ihrer Zweisamkeit.

„Wirst du mich später zum Mann nehmen?", fragte Roderich das Mädchen nach einer Zeit des Schweigens.

Ilse war überrascht. Jung und unerfahren wie sie war, machte sie sich keine Gedanken über die Zukunft. Sie war ein Mädchen, das in der Gegenwart lebte und jeden Augenblick auskostete.

„Roderich", begann sie zögerlich, „ich bin noch so jung. Ich kann dir keine Antwort geben. Lass uns nicht so weit im Voraus planen. Genießen wir einfach unsere Zeit. Bitte dränge mich nicht."

„Ich weiß nicht, Liebes", sagte Roderich schmeichelnd, das Mädchen immer fester an sich pressend, „wie lange ich dir noch widerstehen kann."

Irritiert versuchte Ilse Roderichs Griff zu lockern. Diesmal wich sie seinem Kuss aus. Der Mann bemerkte ihre Unsicherheit und zwang sich zur Ruhe. Er atmete mehrmals tief ein und aus.

„Ist schon gut, Ilse", sagte er, mühsam lächelnd. „Wir haben alle Zeit der Welt."

Ilse freute sich, die Mutter wiederzusehen. Im Oktober hatte Anna ihre Eltern, ihre Geschwister und ihren ältesten Sohn Wilhelm in Wuppertal besucht. Kurz vor Ilses siebzehnten Geburtstag am elften November war sie in die Frankenberger Straße zurückgekehrt. Gerhard, Paul und Ilse umarmten die lachende Frau abwechselnd. Sie roch erfrischend nach 4711. Diesen Mittag musste Roderich sich das Essen vom Vortag aufwärmen. Den Vormittag über war Ilse in ihrer Wohnung mit der Zubereitung der Klöße und des sorgfältig eingelegten Sauerbratens beschäftigt gewesen. Nach der Begrüßung tischte sie stolz auf. Eine Weile machten sie sich schweigend über die Mahlzeit her. Ilse konnte hervorragend kochen.

„Ich habe eine gute Nachricht", kündigte Anna an, nachdem sie und die Tochter den Abwasch gemacht hatten. Die Brüder waren am Tisch sitzen geblieben. Sie waren sehr angetan davon, die Schwester mal wieder am Mittagstisch bei sich zu haben. Der bald vierzehnjährige Rolf war oftmals sehr traurig wegen der ständigen Abwesenheit der Schwester. Die schlimmen Ereignisse in ihrer frühen Jugend hatten die Geschwister eng zusammengeschweißt.

„Wir werden im Sommer des nächsten Jahres wieder nach Wuppertal ziehen", berichtete Anna Schäfer strah-

lend. „Die Stadt Wuppertal baut Häuser für die Evaku-
ierten. Außerdem konnte mein Vater Ausbildungsplätze
für Gerhard und Rolf besorgen."

Ilse kippte die Kinnlade runter. Ihr Magen schnürte
sich zu, und ihr Herz machte Extraschläge. Während
die Brüder sich zu freuen schienen, packte sie blankes
Entsetzen. `Das geliebte Land soll ich verlassen und den
Roderich dazu´, dachte sie traurig. `Mutter lässt mich
nicht in Rosenthal bei Roderich zurück. Das weiß ich.
Sie wird mich zwingen, mit ihr das Hessenland zu verlassen.´

„Bis dahin sind es nur noch wenige Monate", flüsterte
das Mädchen.

„Zeit genug für dich, Abschied von dem Land und den
Leuten zu nehmen", meinte Anna energisch. „Johanna
geht es wieder gut. Das Lieschen ist drei Jahre alt und
Karl wird fünf. Das Gröbste konnten wir Johanna ab-
nehmen. Ich werde noch heute mit ihr sprechen, damit
sie sich, sollte es notwendig sein, nach einem anderen
Kindermädchen umsehen kann."

Ilse rannte, was das Zeug hielt. Ihr Kleid raffend, eilte
sie zur Hühnerburg.

„Martha", schrie sie der Bäuerin zu, die vor der Ein-
gangstüre kehrte. „Wo ist die Liesel?"

„Ilse, was ist denn los?", erkundigte sich Martha
Krumm besorgt. „Du bist ja ganz aufgeregt."

„Wir ziehen nächstes Jahr wieder nach Wuppertal",
jammerte das Mädchen. „Das möchte ich nicht."

„Beruhige dich erstmal", verlangte Martha. „Die Liesel
ist im Schweinestall."

Ilse lief ums Haus herum zu den Ställen. Im November war das Vieh im Stall. Die Freundin wechselte das Stroh in den Verschlägen. Mühsam wuchtete die zarte Rothaarige das stinkende Stroh mit der Mistgabel in die Sackkarre im Mittelgang. Überrascht bemerkte sie Ilse.

„Was machst du denn hier?", wollte sie wissen. „Bist du nicht beim Roderich?"

„Liesel", krächzte Ilse. Tränen liefen über ihr volles Gesicht. „Liesel, wir werden Rosenthal im nächsten Jahr verlassen."

Liesel ließ die Mistgabel zu Boden fallen. Geschockt setzte sie sich auf einen Strohballen.

„Warum?", fragte sie verständnislos. „Gefällt es deiner Mutter bei uns nicht mehr?"

Ilse setzte sich zu ihrer Freundin. Mit dem Ärmel ihrer Winterjacke wischte sie sich über die geschwollenen Augen.

„Meine Mutter liebt die Stadt", erklärte sie. „Wirklich wohl hat sie sich in Rosenthal nie gefühlt. Und Großpapa Friedrich, der strenge Kerl, hat Gerhard und Rolf tatsächlich Ausbildungsplätze in Wuppertal besorgt."

Eine Weile herrschte betretenes Schweigen.

„Wann geht es los?", erkundigte sich Liesel schließlich betrübt.

„Im Sommer", antwortete Ilse leise.

„Weiß es der Roderich schon?", hakte die Freundin nach.

Ilse schüttelte den Kopf.

„Ich mag mir gar nicht vorstellen, wie er sich aufregen wird", sagte sie, eine Grimasse schneidend.

Wutentbrannt hieb Roderich mit der Axt auf das Holz ein. Das Hacken des Holzes war die richtige Aufgabe für ihn an diesem Vormittag. Er musste sich dringend abreagieren. Am Frühstückstisch war ihm der Appetit vergangen. Ilse hatte ihm von ihrer bevorstehenden Abreise nach Wuppertal im nächsten Sommer berichtet. Wortlos war er aufgestanden, Ilse weinend zurücklassend.

Trotz des kalten Wetters stand dem Mann der Schweiß auf der Stirn. In einem Wahnsinnstempo zerkleinerte er das Holz und warf die Spalten auf den Wagen. Innerhalb einer knappen Stunde war das Gefährt voll bis oben hin. Roderich fühlte sich etwas besser. ´Die fette Anna möchte mir einen Strich durch die Rechnung machen´, dachte er, während er den Wagen bestieg und die Kühe zum Holzschuppen lenkte. Er hatte wieder einen klaren Kopf. Roderich Rempel wusste, was er zu tun hatte.

An ihrem gestrigen, siebzehnten Geburtstag hatte Roderich dem Mädchen eine Überraschung versprochen, die er an diesem Abend einlöste. Ilse war sehr aufgeregt, als der Bauer ihr die Augen verband. Roderich führte sie über den Hof und machte sich einen Spaß daraus, die Freundin zu verwirren. Etwa fünfzehn Minuten gingen sie vorwärts und rückwärts und lachten ausgelassen. Ilse hatte sich Mühe mit ihrer Garderobe gemacht. Unter ihrem dicken Wintermantel trug sie ein oben schmal geschnittenes, wadenlanges, cremefarbenes Stoffkleid. Sie hatte es vom Schneider Mistel anfertigen lassen. Es betonte ihr üppiges Dekolleté.

„Roderich", rief sie nun. „Mach es nicht so spannend."

Endlich hatte der Bauer ein Einsehen. Ilse hörte, wie er eine Tür entriegelte. Beim Aufschlagen quietschte die Türangel. Im Inneren war es warm, sie nahm das Knistern der Holzscheide im Ofen wahr. Plötzlich hielt Roderich an. Vorsichtig befreite er Ilse von der Augenbinde. Sie standen am Fuße einer Leiter, die zum Heuboden führte. Der Bauer zwinkerte Ilse zu und hieß ihr, ihm auf die Leiter zu folgen. Mühsam das Kleid raffend, kletterte sie in die Höhe.

„Ein Picknick", rief Ilse begeistert aus.

Auf dem Heu lag eine breite Wolldecke. Ein mit Brot, Käse, Rotwurst, Schinken, Obst, Rotweinflaschen und zwei Gläsern gefüllter Weidenkorb stand in der Mitte. Die Beiden kuschelten sich auf die Decke, und Roderich entkorkte die erste Weinflasche. Die mit einem hervorragenden Appetit gesegnete Ilse, nahm einen großen Schluck und langte beherzt zu.

„Der Wein schmeckt lecker", stellte sie fest. „Ich weiß gar nicht, wann ich zuletzt etwas anderes als Milch, Wasser oder mal ein Bier getrunken habe."

Roderich lächelte zufrieden.

„Ich schenke uns nach", bot er an.

Dankbar hielt das Mädchen dem Mann ihr Glas hin. Eine Weile aßen und tranken sie schweigend. Als sie zu satt waren, um weiter essen zu können, legte der Bauer den Korb beiseite. Gemütlich streckten sie sich auf der Decke aus. Ilse war es etwas schummrig im Kopf. Sie war den hohen Alkoholgehalt des Weines nicht gewohnt. Dennoch lehnte sie auch ein weiteres Glas des köstlichen Getränks nicht ab. Langsam begann sich die Decke über ihr zu drehen. Doch sie fühlte sich nicht unwohl. Das

Gegenteil war der Fall. Sie fühlte sich wohlig und entspannt. Roderich begann sie zu liebkosen. Das Mädchen kicherte, weil er sie kitzelte.

„Davon werde ich doch nicht schwanger?", erkundigte sie sich nach einiger Zeit.

„Keine Sorge, Ilse, ich weiß, was ich mache", flüsterte Roderich ihr ins Ohr.

Einen Moment hielt er inne, um Ilse ein weiteres Glas mit Wein zu reichen.

„Rooderisch", nuschelte die Siebzehnjährige. „Ich bin beschwipst."

„Es ist deine Geburtstagsüberraschung", raunte der Bauer. „Genieße es einfach."

Ilse trank genüsslich. Als das Glas geleert war, zog Roderich sie an sich. Ilse verlor die Kontrolle über die Situation. Ihr Kleid war hochgeschoben, ihr Haar zerzaust und Roderich lag schwer atmend auf dem Rücken. Blut befleckte die Wolldecke.

Bergerland, September 2016

An diesem Septembermorgen ist es frisch. Ilse erwachte um fünf Uhr. Sie konnte nicht mehr schlafen. Jetzt steht sie vor den Blumenkübeln und begutachtet die Blumen. Es blühen mehrfarbige Hortensien und verschieden lang gewachsene Gladiolen in Orange, Flieder und Weiß. Besonders freut sie sich über die blau- und rosafarbenen Freilandrosen. Sie liebt die Ruhe am Morgen. Prüfend drückt sie mit dem Zeigefinger in die weiche Blumenerde. Zufrieden stellt sie fest, dass sie heute nicht wird gießen müssen. Gemütlich schlendert sie zurück zur Hütte. Die Fenster sind weit geöffnet, und die Tür steht auf. Sie möchte die klare Spätsommerluft ins Innere lassen. Ein Blick auf die Wanduhr verrät ihr, dass es mittlerweile acht Uhr ist. Sie setzt Kaffeewasser auf und bereitet sich ein kleines Frühstück. Die Butter bewahrt sie in einer Plastikdose auf. Wenn sie zu kalt und hart ist, kann sie sie schwer dosieren. Sie bestreicht zwei Scheiben Rosinenstuten dünn mit der Butter. Seit einiger Zeit versucht sie, an Gewicht zu verlieren. Lebensfroh wie sie ist, genießt sie immer noch gerne deftige Hausmannskost und selbst zubereitetes Backwerk. Wegen ihres Asthmas und ihrer schmerzenden Beine kann sie sich nicht genügend bewegen und ihren guten Appetit nicht kompensieren. Daher versucht sie, Fette sparsamer zu verwenden als früher. Am Mittag jedoch wird sie eine Ausnahme machen. Überraschenderweise kündigte sich gestern Besuch an. Ihre langjährigen Wuppertaler Freunde, Margarete und Rolf Schulz, werden sich am Mittag von ihrem Sohn zum Bergerland bringen lassen. Die beiden kennt sie schon sehr lange. Rolf fährt kein Auto mehr, deswegen muss meist sie sich auf den Weg nach Vohwinkel machen. Ilse ist voller Vorfreude und überlegt, was sie spontan zaubern kann. Nachdem sie abgeräumt hat, wirft sie einen Blick in den Schrank. Ihr fehlt so einiges, was sie dringend benötigt für ihr beliebtes Gericht 'Himmel und Erde'. Seufzend beschließt sie, die steile Wiese zu Karls Hof hochzusteigen. Dort parkt ihr kleiner, grauer Opel Corsa. Ihre Tochter Gerda möchte nicht, dass sie lange Strecken Auto fährt. Aber bis zum Bergerhof ist es nur ein Katzensprung.

Sie steht in der hofeigenen Metzgerei und bestellt Blutwurst und Gänseschmalz. Ihre Augen wandern über das Sortiment. Sie kann nicht widerstehen und nimmt zusätzlich ein großes Stück Feigenleberwurst mit. 'Ich kann nicht auf alles verzichten', denkt sie. Sie verlässt die Metzgerei und betritt den Hofladen. Dort lässt sie sich von der kräftigen, rotwangigen Bauersfrau 800g Kartoffeln abwiegen. Sie möchte reichlich auftischen. Margarete und Rolf Schulz sind gute Esser. Von den Äpfeln nimmt sie ein Kilo mit. Sie wählt die saure Sorte 'Boskop'. Mit gefüllter Tasche geht sie zurück zum Wagen. Die Wolkendecke des Morgens lockert langsam auf. Im Auto zieht sie die leichte, weiße Strickjacke aus. Sehr langsam verlässt sie das Gelände des Bergerhofs und biegt rechts auf die kurvige Straße ab. Diese verläuft bergaufwärts und mündet auf einen ebenen, schmalen Weg. Diesen verlässt sie und fährt weiter über das holprige Wegstück zurück zu Karls Hof.

Wut, Januar - Juli 1955

„Deine Menstruation ist ausgeblieben", stellte Anna sachlich fest.

Sie hatte es sich zur Angewohnheit gemacht, den Zyklus der Tochter zu überprüfen. Die Frau und das Mädchen waren auf dem Weg zum Dorfladen. Frieda und Friederich Schuster waren mit Wilhelm in dieser ersten Woche im Januar zu Gast bei den Schäfers auf der Neumühle. Am Abend würden sie ihre Tochter und ihre Enkel in der Frankenberger Straße besuchen. Deswegen wollten Anna und Ilse ein Festessen zubereiten. Dafür benötigten die beiden Zwiebeln, Kartoffeln, Schweinefleisch und Speck. Ein Gulasch mit Bratkartoffeln sollte aufgetischt werden.

„Hast du mir nichts zu erzählen?", fragte sie mit hochgezogenen Augenbrauen.

Ilse schwieg betreten. Sorgenvoll erinnerte sie sich an den Abend auf dem Heuboden am Tag nach ihrem Geburtstag. Das Mädchen fasste sich schließlich ein Herz und berichtete der Mutter davon.

„Jetzt hast du den Salat", schimpfte Anna. „Du wirst morgen nicht zum Roderich auf den Hof gehen, sondern augenblicklich Dr. Feldner konsultieren."

Ilse nickte zustimmend. Die Sehnsucht nach dem Bauern war schlagartig verschwunden. `Wie konnte er mir das antun´, dachte sie entsetzt.

„Der Roderich versprach mir, mich nicht zu schwängern", beteuerte sie.

„Der Roderich und seine Versprechen", entgegnete Anna wütend. „Jetzt lass uns still sein. Erstmal werden wir schweigen und abwarten, was der Doktor sagt."

Entschlossen öffnete sie die Tür des Dorfladens.

„Ich war bei Dr. Feldner", informierte Ilse Roderich am nächsten Nachmittag.

Der Bauer grinste frech. Feixend rieb er sich die Hände.

„Und, wie war es?", fragte er gut gelaunt.

„Ich erwarte ein Kind von dir", berichtete sie ernst.

Der Bauer klatschte lachend in die Hände.

„Wunderbar, es hat geklappt", freute er sich.

Ilse war außer sich vor Wut. Sämtliche Gefühle für den Bauern waren verschwunden. Sie fühlte sich verraten und gedemütigt. Er hatte ihre Naivität skrupellos ausgenutzt.

Sie holte weit aus. Ehe der überraschte Roderich ihren Arbeiterhänden ausweichen konnte, schlug sie ihm mehrfach mit aller Wucht ins Gesicht. Grob schubste er das Mädchen von sich weg.

„Du wirst mich heiraten müssen, ob du möchtest oder nicht", zischte er mit schmerzverzerrtem Gesicht. „Sei froh, du wolltest doch in Rosenthal bleiben."

„Du bist ein Schwein, Roderich", sagte Ilse ruhig und bestimmt. „Und Schweine kommen ins Schlachthaus. Ich werde kein Schwein heiraten."

Sie kehrte dem Mann den Rücken zu. Ruhigen Schrittes verließ sie den Bauernhof.

Am Rand der kleinen Straße, die zurück nach Westen zur Frankenberger Straße führte, wartete Anna auf ihre Tochter. Aus der Ferne hatte sie das Geschehen beobachten können. Sie war gefasst. In der vergangenen Nacht war sie vor lauter Grübeln nicht zur Ruhe gekommen. Jetzt jedoch stand ihr Entschluss fest. Sie würde ihrer Tochter den Rücken stärken. Nicht das Mädchen, sondern der Glatzkopf war der Schuldige.

An diesem Abend würde sie Ilse zur Neumühle begleiten und der versammelten Familie von ihrer Entscheidung berichten.

Als Erster sprach der mittlerweile fast zwanzigjährige Wilhelm.

„Das könnt ihr nicht machen", sagte er vorwurfsvoll. „Möchtet ihr, dass Ilses Kind in Schande aufwächst? Denkt nicht nur an euch. Ilse wird den Roderich heiraten."

Die Familie saß beisammen im Wohnzimmer der Schäfers. Emma Schäfer und Friederich Schuster nickten beifällig. Anna hatte mit diesen Reaktionen gerechnet.

Ihr Ältester hatte schon als Kind den Mann im Haus gespielt. Und von ihrem konservativen Vater hatte sie ebenfalls keine Unterstützung erwartet. Auch die Reaktion der strengen Schwiegermutter war vorhersehbar gewesen.

„Wilhelm", begann sie mit fester Stimme. „Du hast nichts zu bestimmen, bist selbst nicht volljährig. Und du bist nicht Otto."

„Trotzdem bin ich vernünftig", begehrte der Sohn auf. „Ich möchte nur das Beste für Ilse. Und sie liebt das Land. Und bisher war sie ganz versessen auf den Roderich. Warum ist das auf einmal anders?"

„Ich kann keinen Mann heiraten und lieben, der mich absichtlich geschwängert hat, um seine Haushaltsführung zu sichern. Wer so an mir handelt, liebt mich nicht," meldete Ilse sich zu Wort.

„Wilhelm, ich bin ein lebenserfahrener Mann", warf Paul Schäfer beschwichtigend ein. „Ich weiß, dass eine Ehe, die mit einer Lüge beginnt, zum Scheitern verurteilt ist. Eltern, die ohne Liebe zusammen sind, können kein glückliches Kind aufziehen."

„Ich werde Anna und Ilse unterstützen in Wuppertal, so gut ich es vermag", sagte jetzt Frieda Schuster.

„Wie ihr meint. Aber sagt später nicht, ich hätte euch nicht gewarnt", sagte Wilhelm, stand auf und verließ den Raum. Vor sich hin brummend folgte ihm Friedrich Schuster.

Alle anderen blieben beieinander.

„Ich zog vier Kinder als Witwe im Krieg groß", beteuerte Anna standhaft. „Das wird mir auch bei einem weiteren Kind gelingen. Ich bin Ilses Mutter, und ich entscheide, dass sie Roderich nicht heiraten wird. Eine Abtreibung kommt ebenfalls nicht in Frage. Ilse ist ein sehr gläubiger Mensch. So etwas ist ihr nicht zumutbar.“

Ilse liefen die Tränen über das Gesicht. Sie wusste nicht, ob es Tränen des Kummers, der Angst oder der Erleichterung waren.

Roderich gab nicht auf. In der ersten Zeit klopfte er täglich an die Tür des Fachwerkhauses in der Frankenberger Straße. Die Kunde von Ilses Schwangerschaft verbreitete sich wie ein Lauffeuer in Rosenthal. Dass sie nicht mehr auf Roderichs Hof arbeitete, blieb ebenfalls nicht unbemerkt. Liesel verteidigte ihre Freundin mit aller Kraft. Sie marschierte zum Dorfladen, zum Bäcker, zum Schmied und allen anderen öffentlichen Einrichtungen. An Roderich ließ sie kein gutes Haar. Der Bauer habe ihrer Freundin Wein zu trinken gegeben, um sie gefügig zu machen, berichtete sie denen, die es wissen wollten, und denen, die es nicht wissen wollten. Letztere gab es kaum. Ilses Geschichte war von allgemeinem Interesse. So geschah es, dass das Dorf sich in zwei Parteien spaltete. Die Mehrheit jedoch war auf der Seite des Mädchens. Die Menschen konnten das Geschehene gut nachvollziehen. Doch es gab auch jene, die in Ilse eine verführerische Kindfrau sahen. Sie machten ihr folglich den Vorwurf, Roderichs Ansehen willentlich schaden zu wollen. Roderich selbst machte sich nichts aus dem Gerede. Auch das Ungeborene interessierte ihn nicht weiter. Er ärgerte sich jedoch furchtbar darüber, dass Ilse nicht mehr den Haushalt für ihn führte. Sie war zu den Fischers auf die Obermühle zurückgekehrt. Diese hatten sie begeistert wieder angestellt. Oma Fischer kümmerte sich rührend um das Mädchen, dessen Bauchumfang wuchs und wuchs. Nach anfänglichem Entsetzen und blanker Wut, begann Ilse langsam wieder, das Leben zu genießen. Sie freute sich sogar auf die Geburt des kleinen Wesens, dessen Bewegungen sie in ihrem Inneren spürte. Trotz allem arbeitete sie hart. Auch kurz vor dem für die Entbindung berechneten Termin Ende Juli half sie auf dem Feld und in der Mühle. Am 27. Juli 1955 setzten schließlich die Wehen ein. Eine Hebamme unterstützte sie in der Frankenberger Straße bei ihrem Kampf. Nach vier Stunden, um kurz vor elf Uhr am Abend, kam Erich Schäfer zur Welt. Glücklich hielt die junge Mutter ihren neugeborenen Sohn in den Armen.

Teil 2

Wuppertal

Bergerland, September 2016

*P*ünktlich um dreizehn Uhr stellt Ilse Rose zwei dampfende Töpfe, reich gefüllt mit Salzkartoffeln und warmem Apfelmus, auf den Tisch. Anschließend nimmt sie die Bratpfanne vom Herd und verteilt großzügig die gebratenen Blutwurstscheiben. Vor dem Braten wälzt sie die Stücke immer in Mehl. Das verleiht dem Gericht seine besondere Note.

„Das duftet köstlich", ruft Margret Schulz begeistert aus.

Die Einundachtzigjährige greift beherzt zu. Sie freut sich, dass sie heute mit ihrem Mann bei der alten Freundin sein kann. Sie kennen sich seit dem Sommer des Jahres 1965. Margrets Sohn war ein Spielgefährte der kleinen Gerda Rose.

„Maria, du hast dich mal wieder selbst übertroffen", verkündet Rolf fröhlich mit vollem Mund.

Ilse und Margret sehen sich betroffen an. Rolf wird zunehmend verwirrter. Vor knapp einem halben Jahr fiel seiner Ehefrau dessen Zerstreutheit zum ersten Mal auf. Sie beobachtete ihren Mann eine Zeit lang, schickte ihn bald darauf zum Arzt. Dieser diagnostizierte eine Demenz Typ ‚Alzheimer'. Margret war geschockt. Der Doktor erklärte den beiden, dass diese Art Demenz sehr schnell voran schreite und im absoluten geistigen und körperlichen Verfall enden werde. Die Frauen schweigen. Korrekturen nützten nicht, informierte Dr. Fahl Margret. Sie würden ihm mehr schaden denn nützen.

„Ach, Ilse", seufzt Margret.

*„Magst du dich etwas ausruhen nach dem Essen, Rolf?",
fragt Ilse liebevoll den langjährigen Freund.*

*„Gerne, Margretchen", antwortet Rolf, das Messer in der
linken und die Gabel in der rechten Hand haltend. Apfelmus tropft aus seinen Mundwinkeln. Fürsorglich wischt
Margret ihm mit der Serviette über den Mund.*

*Die beiden Freundinnen räumen gemeinsam auf und
erledigen den Abwasch. Ilse hat die Sitzbank zum Bett umfunktioniert, und Rolf erholt sich schnarchend.*

*„In einer Woche wird er ins Pflegeheim 'Wuppertaler
Hof' in Barmen einziehen", berichtet Margret leise. „Ich
schaffe die Pflege nicht mehr."*

*„Das verstehe ich, Liebes", sagt Ilse verständnisvoll. Sie
selbst kann den Zustand des Freundes ebenfalls jedes Mal
schlechter ertragen. Ihr Asthma macht ihr zu schaffen,
wenn ihr etwas zu sehr ans Herz geht.*

*„Die körperliche Betreuung ist das geringste Problem",
erzählt Margret. „Schlimmer ist das ständige Aufpassen,
die Rundumbeaufsichtigung."*

*„Lass uns einen kurzen Spaziergang unternehmen", schlägt
Ilse vor, sich die Hände am Küchenhandtuch abtrocknend.*

Reitbahnstraße, August - November 1955

Ilse war froh, dass Martha Krumm Liesel die Erlaubnis
erteilt hatte, sie nach Wuppertal zu begleiten, um ihr
die Eingewöhnung zu erleichtern. Aus diesem Grund
übernachtete Willy für drei Nächte weiterhin bei den
Großeltern in der Teutonenstraße. In Zukunft jedoch
würden alle Kinder, gemeinsam mit der Mutter, in

der neuen Wohnung in der Reitbahnstraße leben. Die Wohnung war ebenso schmal geschnitten wie die in Rosenthal. Im Schlafzimmer übernachteten Anna, Ilse und der kleine Erich. In der Küche - auf zwei Liegen, die des Abends aufgebaut wurden -, fanden Rolf und Gerhard ihre Plätze. Willy sollte auf dem Sofa im Wohnzimmer schlafen, wenn Liesel zurück in Rosenthal sein würde. Deswegen fand Ilse am Morgen des 11. August dort ihre verschlafene Freundin.

„Morgen, Ilse", flüsterte die Rothaarige, sich aufsetzend und die Knie anwinkelnd. Sie kuschelte sich weiter unter ihre Decke. Vorsichtig nahm Ilse neben ihr Platz. An der entblößten, linken Brust nuckelte der fünfzehn Tage alte Säugling. Erich schien ein unkompliziertes Kind zu werden. Bisher hatte er wenig geschrien. Er bekundete seinen Unmut nur, wenn er Hunger hatte oder ihm etwas fehlte. Von daher wusste Ilse recht schnell, was sie zu machen hatte. Durch das Lieschen in Rosenthal mit der Kinderbetreuung vertraut, konnte sie ihre neue Aufgabe als Mutter gut bewältigen.

„Schon heute, am ersten Tag in Wuppertal, müssen die Jungs los", erzählte Ilse.

Großvater Schuster hatte für Rolf einen Ausbildungsplatz beim Elektriker Quel besorgt. Gerhard musste in die Lehre beim Autohaus Magner. „Mama kümmert sich um das Frühstück, Liesel. Wir zwei wollen uns heute in der Stadt umsehen. Mama bleibt mit Erich daheim."

Kurze Zeit später schlenderten die Mädchen Hand in Hand die Hochstraße rauf.

„Bis zu dem Bombenangriff auf Wuppertal lebten meine Großeltern hier", berichtete Ilse der zierlichen

Rothaarigen. Ihr Schwangerschaftsbauch war noch nicht vollständig zurückgegangen, doch die Wasseransammlungen in den Beinen und dem Gesicht, worunter sie in den letzten Schwangerschaftswochen gelitten hatte, waren verschwunden. Sie fühlte sich stark und ausgeruht. Durch ihren Hass auf den Kindsvater war ihr der Abschied vom geliebten Land etwas leichter gefallen. Hier lief sie dem Bauern wenigstens nicht ständig über den Weg. Die beiden Mädchen sahen sich um. Langsam erholte die Stadt sich. Die Narben waren noch deutlich sichtbar, aber Bauarbeiten und umhergehende Menschen verbreiteten eine optimistische Grundstimmung. Ilse führte die Freundin wieder die Straße runter und bummelte mit ihr zum Laurentiusplatz. Sie besichtigten die alte, erhalten gebliebene, katholische Hauptkirche der Stadt. Sie war reich geschmückt mit Heiligenbildern.

„Schön", bemerkte Liesel. Sie war, wie alle Rosenthaler, evangelisch. Dennoch erlag sie immer wieder dem Charme der katholischen Kirchen.

Die drei Tage mit Liesel vergingen wie im Flug. Viel zu schnell stand Ilse mit ihr am Wuppertaler Hauptbahnhof. Dieser Abschied würde ihr sehr schwer fallen. Als der Zug einfuhr, flossen beiden Mädchen die Tränen über das schmale und das breite Gesicht. Wortlos drückten sie sich ein letztes Mal. Dann schlossen sich die Türen, und der Zug fuhr ab in Richtung Rosenthal.

Schnell gewöhnten die Schäfers sich wieder in Wuppertal ein. Der Sommer ging in den Herbst über, und schon wurde es Winter in der Stadt. Die heftigen Schneefälle Anfang November verwandelten Wuppertal in eine glitzernde Zauberstadt. Ilses Leben spielte sich überwiegend in der Wohnung ab. Einmal am Tag packte sie sich und Erich dick ein. Sie spazierte, ihr drei Monate altes Kind eng an sich drückend, durch die Winterwelt. In den ersten Wochen war es mit Willy kompliziert gewesen. Er hatte seine Missbilligung bezüglich Ilses Weigerung, Roderich zu heiraten, deutlich gezeigt. Doch rasch war es dem winzigen Erich gelungen, Ilses Bruder in seinen Bann zu ziehen. Jetzt waren alle anfänglichen Probleme vergessen. Viele Stunden verbrachte Annas Ältester mit dem Kleinen. Er wiegte ihn und sang ihm vor. Ilse erfreute sich an dem Anblick und war erleichtert, dass die Harmonie wieder hergestellt war. Die Brüder gingen ihrer Arbeit nach, und die Frauen führten den Haushalt. Anna backte häufig ihre beliebten Reibekuchen und Ilse regelmäßig Waffeln. Zudem kam Kuchen auf den Tisch, und es gab Brot im Überfluss. Die hungrigen Jungen aßen mit Begeisterung. Ilse säuberte den Brüdern die Schuhe, wusch deren Wäsche, kochte für sie und putzte die Wohnung. An harte Arbeit gewöhnt, taten ihr die körperliche Betätigung und die Wanderungen gut. Ihre üppigen Kurven wurden wieder straff. Sie entwickelte sich zu einer selbstbewussten, jungen Frau. Weil sie es leid gewesen war, jeden Morgen die kinnlangen Haare auf Lockenwickler zu drehen, hatte sie sich eine Dauerwelle machen lassen. Die graugrünen Augen verliehen ihrem Gesicht mit den hohen Wangenknochen Glanz. Auch hier in der Stadt genoss sie die Aufmerksamkeit der Männer. Doch Ilse scherte sich nicht darum. Sie war sich sicher, dass sie niemand zur Frau nehmen würde wegen ihres Sohnes. Erich wurde zu ihrem Lebensinhalt.

„Hoch soll sie leben, hoch soll sie leben, dreimal hoch", sangen die Brüder im Chor. Sie waren aufgestanden, um ihrer Schwester ein Ständchen zu bringen. Ilse feierte ihren achtzehnten Geburtstag. Mit leuchtenden Augen lauschte die junge Frau dem Gesang.

„Danke, ihr Lieben", sagte sie freudestrahlend.

Der kleine Erich erwachte durch die ungewohnten Geräusche. Er lag strampelnd und schreiend in der kleinen Wiege vor dem Elektroherd. Anna, ganz die fürsorgliche Großmutter, eilte zu ihm hin, um ihn zu beruhigen. Sie bewegte die Wiege zart hin und her. Es gelang ihr schnell, den Säugling zu besänftigen. Als Ruhe eingekehrt war, setzte Anna sich wieder zu der versammelten Familie an den Tisch. Ihre Schwiegereltern waren in Rosenthal geblieben und Liesel auch. Trotzdem mussten sie eng zusammenrücken. Die sieben Personen passten kaum an den Küchentisch. Dieser quoll vor Torten und Kuchen über. Es gab Schmandkuchen, Kirschwassertorte, Rosinenstollen und einen Gugelhupf.

„Lasst uns feiern und den Kuchen verspeisen", forderte die raumeinnehmende Anna Schäfer ihre Eltern und ihre Kinder auf. Der Schweiß stand ihr auf der Stirn. Ihre Wangen glühten, und ihr Herz pochte. Sie musste dringend Dr. Horn aufsuchen, dachte sie im Stillen. Es wurde Zeit, sich um ihren Blutdruck zu kümmern. Doch schnell vergaß sie ihre Sorgen. In vollen Zügen genoss sie die fröhliche Stimmung am Kaffeetisch. Die Familie machte sich über das reichhaltige Angebot her. Kauend und lachend verbrachten sie einen schönen Nachmittag miteinander. Auf einmal ertönte die Schelle.

„Erwartet ihr noch mehr Besuch?", erkundigte sich Frieda Schuster.

Anna und Ilse schüttelten gleichzeitig die Köpfe.

„Ich mache auf", bot Ilse sich an.

Sie stand auf. Ihre halblangen, mittelblonden Locken wurden von einem roten Reifen hinter den Ohren gehalten. Passend zum Haarschmuck trug sie ein Dirndl in rot und weiß. Ilse liebte Trachtenkleidung. Gerne würde sie nach Bayern reisen, um Land und Leute kennenzulernen. Die junge Frau öffnete die Tür ihrer Wohnung im Erdgeschoss. Neugierig flitzte sie zur Haustür, um auch diese zu öffnen. Erwartungsvoll blickte sie auf die verschneite Reitbahnstraße.

„Hallo, Schatz", begrüßte sie Roderich Rempel. „Alles Liebe zu deinem achtzehnten Geburtstag."

Vor Schreck setzte Ilses Herz einen Schlag aus. Fassungslos starrte sie den Bauern an. Er hatte sich zurecht gemacht, das musste man ihm lassen. Seine beste Lederjacke schützte den Mann vor der Kälte, und er trug seine Sonntagshose. Doch Ilse interessierte sein gutes Aussehen nicht. Klopfenden Herzens schlug sie ihm die Tür vor der Nase zu. Aufgeregt eilte sie zurück zu ihrer Familie.

„Der Roderich ist es", rief sie laut.

„Der Roderich?", fragte Anna ungläubig.

„Mama, ich habe Angst, dass er mir den Kleinen nehmen möchte", wimmerte die verstörte Ilse.

„Beruhige dich doch", sagte Anna bestimmt. „Ich werde mich um ihn kümmern."

„Was möchtest du?", fragte Anna unwirsch.

„Keine Begrüßung?", konterte Roderich sarkastisch.

„Werde nicht frech", sagte sie, dem Bauern mit dem Zeigefinger drohend.

„Ich möchte Ilse mein Geburtstagsgeschenk überreichen", fuhr Roderich freundlicher fort.

Anna bemerkte das winzige Paket in seiner derben Arbeiterhand.

„Was ist das?", wollte sie wissen.

„Wenn sie es öffnet, werdet ihr es sehen", sagte er geheimnisvoll. „Lass mich doch rein, damit ich es ihr geben kann."

Roderich hoffte, Annas Neugierde erweckt zu haben. Doch diese blieb unbeeindruckt.

„Ilse möchte dich nicht sehen", teilte sie dem Mann mit. „Das müsste dir eigentlich klar sein, nach all dem, was du ihr angetan hast."

„Ach, Anna, jetzt sei vernünftig", verteidigte sich der Bauer. „Wenn du ehrlich zu dir sein würdest, wüsstest du, dass es das Beste für alle Beteiligten wäre, wenn Ilse und Erich mit mir nach Rosenthal kämen. Der Junge braucht seinen Vater, Ilse liebt das Land, und ich brauche dringend Hilfe."

„Darum geht es dir nur", erwiderte Anna wütend. Ihre Schläfen pochten, und ihr war schwindelig. Sie nahm Roderich das Päckchen ab und riss es auf. Es enthielt zwei funkelnde Ringe. „Verschwinde. Und deine Verlobungsringe nimm mit. Zahlen wirst du weiter für dein Kind. Aber das ist alles, was wir an Kontakt wünschen."

Die Ringe achtlos auf den Boden fallen lassend, drehte sie sich um und verschwand im Haus.

Familie Rose, März - Juli 1956

Anna spazierte in Begleitung von Ilse die Reitbahnstraße rauf. Sie schleppten zwei schwere Einkaufstaschen. Ihre freien Hände schoben den Kinderwagen, in dem der kleine Erich selig schlummerte. Es nieselte leicht an diesem Morgen im März 1956, doch die zwei Frauen störten sich nicht daran. Auf einmal rief Anna: „Ilse, sieh mal, wer da unsere Straße runter kommt."

Die junge Frau kniff neugierig die Augen zusammen, um besser sehen zu können. Sie entdeckte ein älteres Ehepaar, das auf sie zukam. Sie konnte die zwei Menschen jedoch keiner Erinnerung zuordnen.

„Du warst damals erst drei Jahre, du kannst die Roses nicht kennen", fügte Anna erklärend hinzu. „Tille ist eine gute Freundin meiner Mutter. Sie wurden beim Angriff auf Elberfeld komplett ausgebombt und später nach Thüringen evakuiert. Und jetzt treffe ich sie in der Reitbahnstraße wieder. Das wäre ein schöner Zufall, würden sie hier wohnen."

„So ein Zufall nun auch wieder nicht, Mama", warf Ilse ein. „Schließlich wurden die Häuser hier für uns Flüchtlinge gebaut."

„Tille?", rief Anna laut und fragend.

„Anna?", fragte die schmale Frau an der Seite ihres hageren, großen Mannes verwundert. „Anna! Anna, du bist es wirklich! Schön zu sehen, dass es dir gut geht."

Die alte Frau umarmte Anna.

„Bist ganz schön in die Breite gewachsen", stellte sie offen fest.

Anna stieg die Röte ins Gesicht. Sie mochte es nicht, wenn man sie auf ihre Unförmigkeit ansprach.

„Das ist Ilse", sagte sie lediglich, auf ihre Tochter deutend. „Und mein Enkel, Erich."

Tille Rose musterte die zwei neugierig. Anscheinend gefiel ihr, was sie sah, denn sie nickte wohlwollend. Trotzdem waren ihr und ihrem zurückhaltenden Mann deutlich anzumerken, dass sie ahnten, dass der Kleine kein geplantes Kind war. Doch sie äußerten sich nicht dazu, und darüber waren Anna und Ilse froh. Eine Weile unterhielten die Frauen sich über den Krieg, die Flucht und ihre Zeit in Rosenthal und Thüringen. Es stellte sich heraus, dass die Familie Rose mit den Zwillingen Hanne und Hartmut tatsächlich ein paar Häuser weiter die Reitbahnstraße rauf wohnte. Die kontaktfreudige Anna war begeistert. Schnell wurden die Frauen miteinander warm. Sie beschlossen, sich am kommenden Nachmittag zum Kaffee bei den Schäfers zu treffen. Tille sagte, dass sie ihre Tochter Hanne mitbringen werde. Hartmut müsse arbeiten, fügte sie hinzu. Ilse beobachtete derweil schweigend Karl Rose. Er war ein großgewachsener Mann mit einer hohen Stirn. Früher musste er sehr gut ausgesehen haben, fand Ilse. Doch irgendetwas störte sie an dem stillen Mann.

Karl Rose begleitete seine Frau und die Tochter nicht auf deren Weg zur Wohnung der Schäfers. Dort erwarteten Anna und Ilse die beiden voller Vorfreude. Besonders Ilse konnte Unterhaltung gebrauchen. Oftmals haderte sie mit ihrem Schicksal, obwohl sie Erich von ganzem Herzen liebte. Dennoch fühlte sie sich durch ihn ans Haus gefesselt, und sie hatte sich damit abgefunden, keinen Mann mehr zu finden. Sie war durch ihr uneheliches Kind gebrandmarkt. Jetzt stand endlich etwas Abwechslung bevor. Gerhard und Rolf waren noch nicht von der Arbeit zurück, doch der neugierige Wilhelm hatte das Versicherungsbüro rechtzeitig verlassen können. Seine schwarze Anzugsjacke hing ordentlich im Kleiderschrank, das weiße Hemd und die schmal geschnittene, dunkle Hose hatte er zur Feier des Tages angelassen. Ilse und Anna waren hingegen schlicht gekleidet. Sie trugen einfache Baumwollkleider. Annas Haare wurden mit zunehmendem Alter dünner. Daher bedeckte ihren Kopf meistens ein Kopftuch. Heute hatte sie ein altrosafarbenes gewählt, das ihre dunkelbraunen Augen betonte. Die Augen waren ihr ganzer Stolz und mittlerweile das Einzige, das ihr an ihr selbst noch gefiel.

Pünktlich um fünfzehn Uhr verkündete die Türschelle das Eintreffen der Gäste. Willy, ganz der zuvorkommende Mann des Hauses, öffnete den Frauen die Türen.

„Hallo, Wilhelm", wurde der junge Mann von Tille herzlich begrüßt. Die drahtige, kleine Frau streckte sich, um ihn in die Wange zu kneifen. „Erinnerst du dich noch an mich? Vor dem Kriegsausbruch begegneten wir uns häufig bei deiner Großmutter."

Willy lächelte kopfschüttelnd, und seine grauen Augen funkelten. Er richtete sein Augenmerk auf Hanne und stutzte. Was er sah, überraschte ihn. Er hatte keine schlanke Frau mit blonden, schulterlangen Locken erwartet. Blaue Augen in einem herzförmigen Gesicht blickten ihn freundlich an.

„Hanne", stellte die junge Frau sich vor, ihm ihre Hand reichend.

„Willy", sagte er und drückte die kleine Hand.

Er führte die Frauen in die Küche, und die beiden bestaunten den mit cremefarbenen Porzellan gedeckten Tisch. Auf zwei großen Platten stapelten sich Waffeln. Dazu wurden Milchreis, rote Grütze, Schwarzbrot und Kottenwurst serviert. Es war eine für das Bergische Land übliche Kaffeetafel. Ganz stilgetreu hatte Anna die alte Dröppelminna, eine dickbauchige, zinnerne Kaffeekanne mit drei Füßen und einem Zapfhahn, auf den Tisch gestellt. Diese war ein Erbstück der kürzlich in Rosenthal verstorbenen Emma Schäfer. Aus dieser tröpfelte jetzt der Kaffee in die Tassen.

Auf Ilses Schoß saß der kleine Erich. Gelassen betrachtete er die fremden Menschen.

„Was ist er niedlich", schwärmte Hanne entzückt. „Wie alt ist er?"

„Im Juli wird Erich ein Jahr alt", gab die stolze Mutter Auskunft. Sie holte tief Luft. „Und damit ihr es direkt wisst, er war kein Wunschkind, doch jetzt ist er eins."

„Ilse", mahnte Willy. Verlegen blinzelte er zu Hanne. „Ich wollte, dass Ilse den Kindsvater heiratet. Doch Mama entschied sich dagegen."

„Ja", sagte Anna scharf. „Und das ist ein Glück. Tille!" Sie sprach die alte Frau direkt an. „Ich werde dir später die ganze Geschichte erzählen."

Damit war das Thema beendet. Nachdem die Teller geleert waren, plauderten Anna und Tille über ihre verschiedenen Arten der Waffelzubereitung. Willy, Hanne und Ilse beschlossen, Erich in seinen Kinderwagen zu setzen, um einen kurzen Spaziergang zu unternehmen.

Hartmut Rose schaute schmunzelnd aus dem Fenster. Er hatte ein Kissen auf die Fensterbank gelegt, um an diesem späten Samstagmorgen die Julisonne zu genießen. Etwas weiter die Reitbahnstraße runter saß eine junge Frau auf der Bank und hielt ein Kleinkind in die Höhe. Sie drückte ihm einen Kuss auf die Wange und setzte es zurück auf ihren Schoß. Hartmut konnte erkennen, dass ein roter Haarreifen die mittellangen Locken bändigte. `Wenn sie hellere Haare hätte und mehr Busen, wäre sie fast so hübsch wie Maria´, dachte er. Er wendete seinen Kopf zum Inneren der Familienwohnung und rief: „Mutter, Hanne, kommt einmal zu mir, bitte.‟

Es dauerte nicht lang, bis seine Mutter neben ihm erschien.

„Mutter‟, begann er zögerlich. „Ist das Mädchen dort unten auf der Bank die junge Schäfer?‟

Tille Rose nickte zustimmend.

„Gefällt sie dir?‟, erkundigte sich lachend die herbeigeeilte Zwillingsschwester.

Hanne freute sich. `Es wäre schön, wenn Hartmut wieder Interesse an einer Frau bekunden würde´, überlegte sie. In Thüringen war der Bruder verlobt gewesen. Doch Maria hatte dem Land nicht den Rücken kehren wollen. Und Hartmut, der ausgebildete Architekt, hatte für sich in Wuppertal eine bessere berufliche Zukunft gesehen. So war es zur Auflösung der Verlobung gekommen. Seitdem konzentrierte Hartmut sich ausschließlich auf seine Arbeit und auf sein Hobby, das Zeichnen von

Landschaftsmotiven. Die Zwillinge waren beide von der Muse geküsst. Hanne arbeitete in Velbert als technische Zeichnerin.

„Weißt du was, Hartmut?", fragte sie versonnen. „Ich werde sie die Tage mal zum Kaffee einladen."

„Sie soll das Kind mitbringen", sagte Hartmut, weiter die zwei auf der Bank beobachtend.

„Guten Tag, Hanne", sagte Ilse lächelnd zu der schlanken, blonden Frau, die ihr die Tür geöffnet hatte. „Danke für die Einladung. Ich freue mich, euch besuchen zu dürfen."

Hanne hakte Ilse unter, die ihr Kind, in ein Tuch eingewickelt, vor dem Bauch trug. Die Wohnung der Roses war einfach eingerichtet. Es war nicht zu übersehen, dass die Familie im Krieg ausgebombt worden war. Jetzt bestand das Mobiliar aus schlichten Holzstühlen und einem ebensolchen Küchentisch. Hanne erklärte, dass es ein Elternschlafzimmer gebe und jeweils ein Zimmer für Hartmut und sie. Ihre andere Schwester lebe aus beruflichen Gründen in Bielefeld, berichtete sie weiter.

„Wir trinken unseren Kaffee im Wohnzimmer", sagte sie, die Küche durchquerend. „Hier", sie deutete auf einen herausstechenden, modernen Schalensessel, „das ist Hartmuts Sessel. Heute gehört er dir."

Sie schmunzelte augenzwinkernd. Verlegen kam Ilse der Aufforderung nach. Auf dem Tisch sah sie einige der Sanella Sammelfiguren. Es waren elfenbeinfarbene Tiere.

„Damit kann dein Erich spielen", sagte Hanne munter.

Ilse begutachtete den großen, sehr schlanken Mann mit den dunklen, lockigen Haaren, während dieser sich erhob und auf sie zukam.

„Bleib sitzen", sagte er, und behutsam legte er Erich die Hand auf den kleinen Kopf. „Ich bin Hartmut."

„Ilse Schäfer", stellte sie sich lächelnd vor. Sie reichte ihm die Hand zum Gruß.

Der Nachmittag verlief gemütlich, doch Ilse fühlte sich gehemmt durch die Anwesenheit des jungen Mannes. Sie ärgerte sich darüber, dass er solchen Eindruck auf sie machte. Er gefiel ihr, doch sie war sich sicher, dass er sie wegen Erich niemals als Frau sehen würde, obwohl er sehr kinderlieb zu sein schien. Schnell sicherte er sich die Aufmerksamkeit ihres Sohnes. Begeistert unterhielt Hartmut das Kleinkind mit den Tierfiguren. Das Gespräch fand zum größten Teil zwischen den beiden Frauen statt. Es stellte sich heraus, dass Hanne und Hartmut dreißig Jahre alt waren. Die beiden waren deutlich älter als Ilse. Trotzdem kamen Hanne und Ilse prächtig miteinander aus. Hanne Rose erzählte ein wenig von ihrer Arbeit in Velbert, und Ilse bewunderte ihre Unabhängigkeit und Kreativität. Sie empfand einen Anflug von Neid, der aber beim Anblick ihres zufrieden lächelnden Kindes rasch wieder verschwand.

Bergerland, September 2016

Müde von dem Spaziergang setzen sich Ilse und Margret auf die Bank vor die Hütte. Die Septembersonne erwärmt ihre alten Knochen. Genussvoll seufzen sie, während sie die Beine ausstrecken.

„Weißt du noch, wie oft wir hier saßen und den Kindern beim Spielen zusahen?", fragt Margret lächelnd.

„In letzter Zeit denke ich sehr oft daran und an mein ganzes Leben", antwortet Ilse leise.

„Ich erinnere mich noch gut, wie es hier aussah, als Hartmut und du die Hütte gerade angemietet hattet", sagt die alte Freundin nachdenklich.

„Es war eine Ruine", erinnert sich Ilse. „Hartmut ging voll und ganz in der Renovierung auf. Als gelernter Architekt konnte er seinen Ideenreichtum voll einbringen."

„Ich war stark beeindruckt von den Fortschritten, die ihr machtet", erzählt Margret. Sie schließt die Augen und legt die Hände in den Schoß. „Einfacher wäre es gewesen, die Hütte abzureißen und eine neue zu bauen."

„Das durften wir nicht, weil sie ein Teil des Naturschutzgebietes ist", wirft Ilse ein.

„Nach einem Jahr harter Arbeit fand ich hier schließlich diese zauberhafte Holzhütte im bayrischen Stil vor", erinnert sich Margret weiter.

„Zu dieser Zeit und in den ersten Jahren teilte Hartmut meine Liebe zum Bergerland und der Hütte noch", stellt Ilse fest. „Doch nachdem er alles Wesentliche gezeichnet und gerahmt hatte, verlor er das Interesse. Ich musste kämpfen, um die Hütte behalten zu dürfen."

„Ach, Ilse", sagt die Freundin leise. „Hartmut war nicht immer einfach. Du musstest oft kämpfen."

Die beiden Frauen schweigen. Eine Weile noch sitzen sie friedlich beisammen. Plötzlich beginnt Margrets Handy zu klingeln, und der Sohn kündigt seine baldige Ankunft an. Beide wissen, was das bedeutet. Sie sprechen es nicht aus, doch es ist ihnen bewusst, dass dies die allerletzten Minuten der Gemeinsamkeit vor Ilses Hütte sind.

Sonnenstrahlen, Juni 1957 – September 1958

„Na, das war ja eine kurze `Bütterkes-Tour´“, kommentierte Ilse lachend das Erreichen von Schloss Gimborn.

„Gib mir trotzdem eins“, forderte der schlanke, sechzehnjährige Rolf die Schwester auf.

„Bis du schon wieder hungrig, du Nimmersatt?“, neckte Ilse den Bruder fröhlich. „Lasst uns zunächst den Schlossgarten ansehen, dann gehen wir zurück zu Mama und Erich.“

Sie waren in Marienheide unterwegs. Die Familie gönnte sich einen kurzen Sommerurlaub.

Anna hatte sich vor knapp einer Viertelstunde angeboten, mit dem Enkel auf einer Bank zu warten, damit ihre Kinder in Ruhe zum Schloss wandern konnten. Jetzt stellte sich heraus, dass das Schloss in direkter Nähe der Bank inmitten einer Lichtung stand. Es war von einem dichten Laubwald umgeben und mehr in die Breite als in die Höhe gebaut. Das flach zulaufende Dach besaß vier Zinnen und einen Turm.

„Es gibt imposantere Schlösser“, bemerkte Willy sachlich.

Er zwickte Ilse ins Ohr und griff blitzschnell in den Weidenkorb.

„Hey“, rief Ilse augenzwinkernd. „In Ordnung, in Ordnung. Nehmt euch, was ihr mögt. Wir setzen uns auf unsere Decke vor den Schlossteich.“

Zügig schritt die junge Frau voran. Die Sonne stand hoch am Himmel an diesem späten Vormittag im Juni 1957. Am Teich angekommen, entnahm sie dem Korb zwei dünne Decken, die sie auf dem grünen Rasen ausbreitete. Kurz erinnerte sie der Korb an den Tag nach ihrem siebzehnten Geburtstag in Rosenthal. Energisch schüttelte sie den Kopf und drängte die Erinnerung beiseite. In der Anfangszeit in Wuppertal hatten sie noch Briefe von Roderich erreicht, mittlerweile hatte der Bauer aufgegeben.

Die vier Geschwister machten sich über die belegten Brote her und pellten die hart gekochten Eier. Anna war mit Vorrat versorgt, sie konnten alles aufessen. Als sie endlich satt und zufrieden waren, packten sie die Decken zurück in den Korb. Gemütlich spazierten sie durch den Schlossgarten. Auf Skulpturen und imposante Bauten stießen sie nicht, doch die gepflegten Grünanlagen und die ordentlich zurecht geschnittenen Bäume fanden Anklang. Rolf wurde schnell ungeduldig. Er drängte, zur Mutter zurückzukehren. Gerhard und Willy waren auf seiner Seite, und Ilse fügte sich. Sie fühlte sich wohl in Marienheide. Doch sie träumte weiterhin von einer Reise nach Bayern. ‚Wenn Erich älter ist, werde ich mit ihm dorthin reisen', dachte sie. Morgen früh würde sie der Zug zurück nach Wuppertal bringen.

Es regnete in Strömen, als der Zug in den Wuppertaler Hauptbahnhof einfuhr. Ilse war froh, dass Hartmut Rose sich angeboten hatte, die Familie Schäfer abzuholen. Sie konnte ihn aus dem Zugfenster sehen. Gelassen stand er neben den Gleisen. Er trug einen schwarzen Anzug. Für seine Tätigkeit im Architektenbüro kleidete er sich stets sehr korrekt. Es war früh am Morgen. Hartmut würde die Schäfers in der Reitbahnstraße absetzen und anschließend zur Arbeit fahren. Dafür nutzte er seinen

Dienstwagen, einen roten VW Käfer. Privat besaß er kein Fahrzeug. Die Roses erledigten alles zu Fuß.

Die Brüder zogen die Koffer aus den Netzen über ihren Sitzplätzen und quetschten sich aus dem Abteil in Richtung des Ausgangs. Erich fest an sich drückend, folgte Ilse mit ihrer Mutter gemächlicher den Jungen. Der Zug wurde langsamer und langsamer, bis die Räder still standen. Die Türen öffneten sich, und der graue Wuppertaler Hauptbahnhof nahm die Schäfers in Empfang. Willy erreichte Hartmut zuerst und klopfte ihm kameradschaftlich auf die Schulter. Die Männer hatten sich bei den Schäfers kennengelernt, denn die Familie Rose besaß kein Telefon. Um mit der in Bielefeld lebenden Schwester sprechen zu können, nutzten sie Annas Telefon.

Als die Frauen die Männer erreichten, bemerkte Ilse Hartmuts ernsten Gesichtsausdruck.

„Hallo, Hartmut", begrüßte sie ihn. „Was ist los? Du siehst traurig aus. Geht es Tille schlechter?"

Tille Rose hatte im letzten Jahr stark abgebaut. Sie hatte Probleme mit den Nieren. In letzter Zeit war sie immer häufiger den ganzen Tag im Bett geblieben.

„Sie verstarb vor drei Tagen", informierte Hartmut mit ruhiger Stimme die Schäfers.

Anna schlug die Hände vors Gesicht.

„Mein Gott", rief sie aus.

„Schrecklich", ergänzte Ilse.

Willy, Gerhard und Rolf schwiegen betroffen. Sie alle hatten die freundliche, humorvolle Frau ins Herz geschlossen. Mit Hartmuts Vater verband die Familie nicht viel. Selten bekamen sie den stillen Mann zu Gesicht.

Durch die schwere Erkrankung seiner Frau war er zunehmend merkwürdiger geworden. Ilse fragte sich, wie es im Haushalt der Freunde weiter gehen würde.

„Wir rechneten damit", erklärte Hartmut gefasst. „Natürlich sind wir sehr traurig. Doch sie litt sehr in den letzten Wochen. Das Leben wurde ihr zur Qual. Jetzt ist sie erlöst."

`Sie ist bei Gott´, dachte Ilse. Sie sprach es nicht aus, weil sie wusste, dass sie ihre starke Gläubigkeit nicht mit Hartmut teilte. Er war konfirmiert, aber die Gottesdienste besuchte er im Gegensatz zu ihr selten. Sie wusste nicht recht warum, aber sie wollte dem jungen Mann gefallen.

„Kommt", forderte Hartmut seine Mitfahrer auf. „Ich muss los."

Kurz bevor er sie in der Reitbahnstraße absetzte, erinnerte er sich an die Worte seiner Schwester.

„Ilse", begann er zögerlich. „Hanne bat mich, dich zu fragen, ob du ihr am Samstag im Haushalt zur Hand gehen würdest. Anschließend möchten wir mit dir und Willy einen Spaziergang unternehmen."

`Hoffentlich willigt sie ein´, dachte er. `Hanne macht alles, so gut, wie sie es vermag, doch ich könnte eine bessere Hausfrau in der Wohnung gebrauchen.´

„Selbstverständlich", willigte Ilse ein. Merkwürdigerweise freute sie sich darauf, Zeit in der Nähe von Hartmut zu verbringen. Sie würde ausnahmsweise ihr Kind kommenden Samstag in Annas Obhut geben. Ilse wusste, dass Samstag der Putztag der Familie Rose war. Fast bis zuletzt hatte Tille ihrer Tochter geholfen. Sie hatte die weniger anstrengenden Tätigkeiten verrichtet. Ilse konnte sich gut vorstellen, dass die berufstätige Hanne überfordert mit der Situation war.

Sie hatten Glück mit dem Wetter. Wuppertal zeigte sich an diesem Samstag von seiner Sonnenseite. Verschiedenfarbige Rosen blühten in den Vorgärten. Die vier jungen Leute spazierten zur Schreinerswiese. Willy und Hartmut ließen ihren Schwestern den Vortritt und schlenderten hinter ihnen her. Ab und an blieb Ilse stehen und schnupperte an den Rosen.

„Jede Sorte riecht anders", erklärte sie Hanne.

Die zwei jungen Frauen konnten unterschiedlicher nicht gekleidet sein. Beide hatten sich nach dem Putzen für den Spaziergang mit den Männern umgezogen. Ilse trug ein Sackkleid, das Anna für sie im Versandhauskatalog bestellt hatte. Diese Mode kam aus Paris. Die weitgeschnittenen Kleider betonten lediglich die Schultern. Dazu trug sie einen melonenartigen Hut. Sie hatte einen cremefarbenen zu dem altrosafarbenen Kleid gewählt. Hanne hatte ebenfalls die neue Möglichkeit der Bestellung aus einem Katalog genutzt. Ihre Beine steckten in einer schmal geschnittenen Stoffhose. Die Hausschneiderinnen weigerten sich noch, Hosen für junge Frauen anzufertigen. Sie fürchteten die Reaktionen der Mütter. Großenteils galt es als skandalös, wenn Frauen Hosen trugen. Doch die Versandhäuser scherten sich nicht darum. Die selbstbewusste Hanne genoss die Aufmerksamkeit. Sie wusste, sie konnte es sich mit ihrer schlanken Figur und dem ausdrucksstarken Gesicht leisten. Ilse kannte diese blauen Stoffhosen, die sich `Jeans´ nannten, von Willy. Der junge Mann ging mit der Mode und liebte schwarze Lederjacken und spitz zulaufende Stiefelletten.

`Er passt optisch gut zu Hanne´, überlegte Ilse.

Hartmut war ganz anders als seine Zwillingsschwester. Er bevorzugte in seiner Freizeit bequeme Schuhe, Hosen und kurzärmlige Sommerhemden.

„Ilse", sagte Hanne zögerlich. „Ich muss dir etwas beichten."

Verwundert zog Ilse die Augenbrauen hoch, und Hanne warf verstohlen einen Blick über die Schulter. Sie sah die beiden Männer lachen und miteinander scherzen.

`Er hat es ihm erzählt´, dachte Hanne. `Ich muss es Ilse jetzt gestehen.´

„Willy und ich haben uns ineinander verliebt", fuhr sie fort. „Wir sind bereits seit Silvester ein Paar."

Ilse erinnerte sich, dass Willy an diesem Tag ausgegangen war. Er hatte es ausgenutzt, volljährig zu sein.

„Nimm es mir bitte nicht übel, doch ich muss es dich fragen, Hanne", begann Ilse ernst. „Du bist einige Jahre älter als mein Bruder, ist das kein Problem für euch?"

Heftig schüttelte Hanne die blonden Locken, ein Lächeln erhellte das herzförmige Gesicht.

„Du bist selbstsicher genug, um Hosen zu tragen. Also muss ich mich nicht wundern, dass dir der Altersunterschied nichts ausmacht. Und Willy ist alt genug. Er wird wissen, was er macht," sagte Ilse. Sie gönnte den beiden ihr Glück.

Kurz bevor sie die Schreinerswiese erreichten, blieb Hanne stehen. Sie wartete auf die Männer und hielt augenzwinkernd den Daumen hoch. Willy grinste über beide Backen. Übermütig zog er Hanne in seine Arme und gab ihr einen Kuss. Hand in Hand übernahmen die beiden die Führung. Ilse und Hartmut folgten ihnen. Anfänglich schwiegen die zwei verlegen. Schließlich erreichten sie die Schreinerswiese. Dort sah es aus, als hätten riesige Maulwürfe ihre Werke vollbracht. Überall gab es große Bombentrichter. Bessere Verstecke für Liebespaare konnte Ilse sich nicht vorstellen. Außerdem hatte die Stadt einige Bänke aufgestellt, die zum Ausruhen aufforderten.

„Komm, Ilse, wir setzen uns hin", schlug Hartmut vor. „Nach dem Marsch wird uns eine Pause guttun. Und die zwei Turteltauben haben etwas Zeit für sich allein."

Zielstrebig steuerte er die Bank an, neben der ein Blumenladen seine Pflanzen präsentierte. Ilse ging es gut. Die Sonne belebte sie, und sie genoss den Anblick der Blumen und der Wiese. Hartmut begann, von seiner Familie zu erzählen. Er redete von der ersten Frau seines Vaters und seinen älteren Halbschwestern, die überall in Deutschland verstreut lebten. Ilse erfuhr, dass die in Bielefeld lebende Annegret ein Jahr jünger war als Hanne und Hartmut. Sie fasste sich schließlich ein Herz und erzählte von ihren Erlebnissen mit Roderich. Hartmuts offene Art hatte sie dazu ermutigt. Nach einer Zeit der Stille legte Hartmut vorsichtig den Arm um die errötende Ilse.

„Hartmut", protestierte sie schwach.

„Mach dir keine Sorgen, Ilse", beruhigte sie der Mann. „Alles wird gut."

Zart küsste er Ilse auf die Stirn.

Das war der Beginn einer schönen Zeit. Hartmut erwies sich als sehr fürsorglich. Direkt am Anfang ihrer

Beziehung bekundete er seinen Wunsch, dass Erich ihn `Papa´ nennen solle. Der im Juli zwei Jahre alt gewordene Erich gewöhnte sich zur Freude aller Beteiligten schnell daran. Ilses Tagesablauf veränderte sich einschneidend. Rasch entwickelte sie sich zur Haushaltsvorsteherin zweier Haushalte. Anna übernahm die Versorgung des Kleinkindes zu großen Teilen. Schwere, körperliche Arbeiten im Haushalt vermochte sie aufgrund ihres Bluthochdrucks nicht mehr auszuüben. Der enge Kontakt zu ihrem Enkelkind ließ die Frau regelrecht aufblühen. Noch etwas über ein Jahr würde sie die gesetzliche Vertreterin für den Jungen sein. Der zeigte sich temperamentvoll. Zu Nörgeleien und Wutausbrüchen neigte er zum Glück nicht. Ilse kochte große Mengen in Annas Wohnung. Sie verköstigte nicht nur die Schäfers, auch die Roses aßen mit gutem Appetit ihre deftigen Speisen. Trotzdem war Ilse durch die viele Arbeit und ihre Verliebtheit so schlank wie seit ihrer Kindheit nicht mehr. Die zwei Paare machten viele gemeinsame Spaziergänge und Ausflüge in die nähere Umgebung. Auch in den Abendstunden saßen sie oft zusammen. Immer häufiger geschah es, dass Hanne sich mit Willy in ihr Zimmer zurückzog. Nach einiger Zeit taten Ilse und Hartmut es ihnen gleich. Die Wochen und Monate vergingen wie im Flug. Der einzige Wermutstropfen in diesen Tagen war für Ilse Karl Rose. Er vernachlässigte seine Körperpflege und begann unangenehm zu riechen. Sämtliches gute Zureden konnte ihn nicht dazu bewegen, sich sorgfältiger um sich zu kümmern. Seit Hartmuts und ihrer Verlobung im März 1958 ärgerte der zukünftige Schwiegervater die junge Frau. Er beschwerte sich über das Essen, wollte alles aufs Zimmer gebracht haben und ließ sich waschen. Hartmut und Hanne besprachen sich mit den entfernt lebenden Familienmitgliedern. Gemeinsam beschlossen sie, Karl Rose in dem Pflegeheim in der Blankstraße unterzubringen. Das ging jedoch nicht gut. Jeden Abend aufs Neue erschien Karl in der Wohnung der Roses. Deswegen verließ Ilse die Geschwister, um mit Erich zu ihrer Mutter zu flüchten. Bis zu der Hochzeit musste sie sich weiterhin das Schlafzimmer mit Anna teilen. Für die Zukunft hatten Hartmut und Ilse geplant, das leerstehende Schlafzimmer der Roses zu beziehen. Jetzt machte ihnen Hartmuts Vater einen Strich durch die Rechnung. Wieder musste der Familienrat tagen. Karls Tochter in Bielefeld, die Gattin eines evangelischen Pfarrers, wollte den Versuch wagen, den Vater aufzunehmen. Nach nur vierzehn Tagen musste auch sie die Segel streichen. Länger als zwei Wochen hielt es niemand mit Karl Rose aus. Dennoch versuchten die Geschwister es weiter. Zuletzt einigten sie sich darauf, dem Vater vierzehntägig Unterkunft zu gewähren. So ging Karl Rose auf Reisen. Ihm schien dieses Leben und die Abwechslung zu gefallen. Dem jungen Paar in Wuppertal ersparten die Geschwister einen Anteil an dieser ungewöhnlichen Konstruktion. Sie sollten in Ruhe ihr gemeinsames Leben aufbauen können.

Ein Jahr später, kurz vor der Trauung, schrieb Hartmut Roderich Rempel einen Brief. Darin entband er ihn der Unterhaltszahlung. Dieser Verpflichtung kam der Bauer sowieso nur in unregelmäßigen Abständen nach. Hartmut wollte Roderich nicht in seinem Leben haben. Er ging voll und ganz in der Vaterrolle auf und sehnte sich nach weiteren Kindern. In seinem Alter wollte er so schnell wie möglich eine Familie gründen.

Eines Samstagabends im August saßen Ilse und Hartmut mit Hanne und Willy zusammen am gedeckten Tisch. Hanne hatte erklärt, ausnahmsweise für die Freunde kochen zu wollen. Sie servierte Kohlrouladen und Klöße. Willy und Hartmut sprachen über ihre Arbeit als Versicherungskaufmann und Architekt. Auf einmal mischte sich eine ernst dreinschauende Hanne in das Gespräch ein.

„Ich habe ein Angebot in Bielefeld bekommen", erklärte sie mit fester Stimme. „Ich werde es annehmen."

„Wie, du nimmst es an?", fragte Willy erstaunt. Fassungslos legte er das Besteck auf dem Tellerrand ab. „Du sagtest doch erst gestern zu mir, du würdest es wegen unserer Liebe ablehnen."

„Willy, es tut mir leid", sagte Hanne leise. Sie legte ihre schmalen Hände auf seine. „Das ist eine einmalige Chance für mich. Ich werde mich dort viel mehr kreativ entfalten können. Und besser bezahlt wird meine Arbeit auch."

Ilse schwieg betreten. Sie bedauerte ihren Bruder, der bis über beide Ohren in Hanne verliebt war.

„Komm doch mit", schlug diese ohne rechte Begeisterung vor. „Du wirst gewiss eine Stelle bei einer Versicherung in Bielefeld finden."

Willy schüttelte den Kopf. Er kniff die Lippen fest zusammen und stand auf.

„Gar nichts werde ich", erklärte er bitter. „Das einzige, was ich mache, ist gehen."

Er verließ die Küche und Sekunden später hörten die drei anderen das laute Zuschlagen der Wohnungstür.

Hanne hatte Nägel mit Köpfen gemacht. Wenige Tage nach ihrer Ankündigung hatte sie ihre Koffer gepackt und war in den Zug nach Bielefeld gestiegen. Hartmut und Ilse hatten ihr zum Abschied gewunken. Willy hatte sich nicht blicken lassen. Jetzt führte er bedrückt seine Schwester zum Altar, um sie dort Hartmut zu übergeben. Die kirchliche Trauung fand am sechsten September um fünfzehn Uhr in der Friedhofskirche statt. Ilse liebte diese große Kirche auf der Spitze des Ölbergs wegen des gepflegten Friedhofs. Er war wie ein Garten angelegt und verbreitete eine angenehme Atmosphäre. Das unterschied ihn Ilses Meinung nach von den anderen Friedhöfen in Wuppertal. Anna hatte am Vormittag auf dem Standesamt für ihre Tochter unterschreiben müssen. Erst in wenigen Monaten wurde sie einundzwanzig und somit endlich volljährig. Ilse trug ein geliehenes, schlichtes, weißes Hochzeitkleid. Den Kopf schmückte kein Schleier, sondern eine weiße Haube. Aufgrund ihres Sohnes konnte sie nicht verbergen, dass sie nicht jungfräulich in die Ehe ging. Somit war ihr das Tragen eines Schleiers untersagt. Trotzdem waren sie ein hübsch anzusehendes Paar. Hochgewachsen und schlank strahlten sie vor Glück. Nach der Zeremonie feierten sie den Beginn ihrer Ehe in der Wohnung von Anna. Die Gäste ließen sich dort gut unterbringen, weil die Familie arg zusammengeschrumpft war. Die Großeltern von Ilse waren in der Zwischenzeit alle verstorben und Ilses Freundinnen, Liesel und Hanne, nicht erschienen. Damit hatte das Paar gerechnet, und die Freude überwog die Enttäuschung. Anna präsentierte eine reichhaltige kalte Platte. Es gab die verschiedensten Wurstsorten und sogar die sogenannte `Hessische Aale´, eine Rotwurst aus dem Hessenland. Beim Weingut Wirth hatte Anna eine Kiste Wein bestellt, und die Gäste labten sich an den Speisen und den Getränken. Es war eine ausgelassene Feier. Selbst Willy wurde mit zunehmenden Alkoholgenuss entspannter und redseliger. Ilse war sich sicher, dass der Bruder die Trennung von Hanne bald überwinden würde. Er war nicht der Typ Mensch, der allzu lang der Vergangenheit nachtrauerte. Als es Nacht wurde in der Reitbahnstraße, verließ Ilse zum ersten Mal Annas Wohnung, um die Hochzeitsnacht im Schlafzimmer der Eheleute Rose zu verbringen. Diese besondere Nacht würde Erich bei Anna übernachten. Ab dem kommenden Tag sollte der Dreijährige in Hartmuts altes Zimmer einziehen.

Bergerland, Oktober 2016

Traurig beendet Ilse das Telefonat. Sie sitzt, in eine dicke, selbstgehäkelte, rote Strickjacke gewickelt, auf der Bank vor ihrer Hütte. An diesem Spätnachmittag im Oktober zeigt sich das Bergerland von seiner schönsten Seite. Nicht umsonst nennt man diesen Monat `goldener Oktober´. Die Sonnenstrahlen lassen die bunt gefärbten Blätter der Bäume leuchten. Gerade hat sie Karl von ihrem Entschluss erzählt, die Hütte aufzugeben. Jetzt verschleiern Tränen ihren Blick auf die Umgebung. Einige Wochen wird sie Zeit haben, Abschied zu nehmen von ihrem Paradies. Die alte Frau steht auf und geht langsam in ihre Hütte. Sie entnimmt einer

114

Schublade einen Stift und eine Einladungskarte. Mit einem Taschentuch trocknet sie ihre Tränen. Tief durchatmend setzt sie sich an den Tisch. Sie schreibt: 'Liebe Schwester Hanni! Weil ich meine Hütte aus gesundheitlichen Gründen nicht mehr halten kann…'. Sie hält inne und denkt nach. Kopfschüttelnd steht sie auf und holt sich eine weitere Karte. Erneut greift sie zum Stift: 'Liebe Schwester Hanni. Ich möchte dich und die anderen Kirchenchormitglieder recht herzlich in meine Hütte zum frohen Gesang und leckeren Essen einladen. Die Feier wird am letzten Sonntag im Oktober ab achtzehn Uhr stattfinden. Ich würde mich freuen, wenn du die anderen informieren würdest. Mit meinem herzlichen Gruß, Ilse.' Sie entscheidet, erst am Ende der Feier zu verkünden, dass es keine weiteren Feste mehr geben werde. Der Kirchenchor bereitet ihr immer noch Freude. Kurz nach der Konfirmation ihrer Tochter Gerda trat sie ihm bei. Seitdem singt sie fast jeden Sonntag. Früher lud sie die Mitglieder häufig aufs Bergerland ein. Hartmut war froh gewesen, dass sie die Freunde nicht in die gemeinsame Wohnung einlud. Zeit seines Lebens zogen sie nicht weg aus der Reitbahnstraße. Ilses bevorstehender Umzug in die Wohnung am Stadtrand Wuppertals wird ihr erster seit der Hochzeit sein.

Gitta, Oktober 1959 – April 1962

„Was ist ein Klapperstorch?", wollte Erich wissen. Er sah Ilse mit großen Augen an. Diese waren so dunkel wie die der Großmutter.

„Der Klapperstorch bringt die Kinder, Erich", erklärte Ilse fest. Sie war hochschwanger. Täglich rechnete sie mit ihrer Niederkunft. „Wenn du jeden Abend ein Stück Würfelzucker auf die Fensterbänke legst, wird er dir ein Geschwisterchen bringen. Aber du musst nachsehen, ob er den Zucker genommen hat."

Dieser Aufforderung kam Erich gewissenhaft nach. Jeden Abend verteilte er den Zucker, um am folgenden Tag zu überprüfen, ob der Klapperstorch ihn gefunden hatte. Ilse und Hartmut waren gerührt.

Am zehnten Oktober 1959 setzten bei Ilse die Wehen ein. Sie war froh, ihr Kind in der Landesfrauenklinik zur Welt bringen zu dürfen. Noch am selben Abend wurde Gitta Rose geboren. Wenige Tage später entließ sie der freundliche Dr. Picard aus dem Krankenhaus. Der junge Arzt gratulierte den glücklichen Eltern und der strahlenden Großmutter zu ihrem gesunden Mädchen. Zufrieden kehrten sie mit dem Säugling in die Reitbahnstraße zurück. Dr. Picard hatte darauf hingewiesen, dass in einem halben Jahr das Becken des Kindes geröntgt werden müsse. Sorgen machen müsse die Familie sich nicht, hatte er beruhigend hinzugefügt. Die ersten Monate verliefen friedlich. Ilses anfängliche Sorge, ob Erich mit Eifersucht reagieren würde, erwies sich rasch als unbegründet. Spielerisch forderte er seine Mutter dazu auf, alles, was sie mit Gitta machte, auch bei ihm zu machen. Doch sie müsse es bei ihm nur andeuten, erklärte der Junge. Anschließend wiederholte er die Prozedur mit seinem Teddybären. Er stillte das Plüschtier sogar und stieß dabei Schmerzenslaute aus. Der Vierjährige war seiner Schwester sehr zugetan. Er hätschelte und tätschelte sie, cremte sie ein und sang ihr Wiegenlieder vor. Trotz allem war Ilse froh über die Unterstützung seitens ihrer

Mutter. Diese verbrachte viel Zeit mit ihrem Enkel, der in ihr eher eine zweite Mutter als eine Großmutter sah. Annas ständige Anwesenheit begann Hartmut schließlich zu stören. Der frisch gebackene Vater wollte in den Abendstunden und an den Wochenenden seine kleine Familie für sich haben. Er beschwerte sich bei Ilse, bat sie, mit Anna zu sprechen.

„Mama, Hartmut ist unzufrieden", sagte sie deshalb an einem Freitagmittag Anfang April 1960 zu ihrer Mutter.

„Womit ist er unzufrieden?", fragte Anna nebenbei. Sie war mit dem Abwasch beschäftigt.

„Er möchte mich und die Kinder abends für sich haben", fuhr Ilse fort. Sie war darüber nicht glücklich. Ihre fürsorgliche Mutter war ihr eine große Hilfe. „Mama, es betrifft nur die Abendstunden. Glaube mir, ich bin so froh, dass du mir hilfst. Aber du weißt ja, wie Männer sind."

„Ich weiß, wie Hartmut ist", antwortete Anna spitz. Sie stapelte die gespülten Teller im Küchenschrank. Die alten Holzschränke und Tische der Roses waren neuen, rustikalen Möbeln im Landhausstil gewichen. Hartmut verdiente gut im Architektenbüro. „Er sagt dir, wo es lang geht, und was du zu tun und zu lassen hast."

Im Geheimen gab Ilse der Mutter Recht. Seit sie in der gemeinsamen Wohnung mit ihrem Mann lebte, hatte sie seinen Hang zur Kontrolle entdeckt. Bisher hatte sie diese Eigenart nicht weiter gestört, so sehr war sie mit der Versorgung ihrer Kinder beschäftigt gewesen.

„Du magst Recht haben, Mama", gab sie zögernd zu. „Dennoch bitte ich dich, um des lieben Friedens willen, uns abends und an den Wochenenden nicht ständig zu besuchen."

Anna grummelte eine Weile vor sich hin, willigte jedoch alsbald ein. Die beiden Frauen brachten die Kinder für den Mittagsschlaf in die Kinderzimmer und widmeten sich der Bügelwäsche. Ilse bügelte Hartmuts Hemden, Anna faltete sie und räumte sie weg. Die zwei Frauen waren ein gut eingespieltes Team. Anna fehlte die Tochter in ihrem Haushalt. Willy war ausgezogen und hatte sie mit Gerhard und Rolf zurück gelassen. Die beiden jungen Männer genossen mehr Freiheiten als junge Frauen. Sie waren nach der Arbeit viel unterwegs. So genoss Anna ihre Zeit bei Ilse und Hartmut. Überfordert wurde sie nicht. Ilse nahm Rücksicht auf ihre gesundheitliche Situation. Es stimmte sie traurig, am Abend des Hauses verwiesen zu werden. Doch ihr stand nicht der Sinn danach, im Leben der Tochter Unfrieden zu stiften.

„Sehr geehrte Familie Rose", las Ilse ihrem Mann eines Abends Ende April vor. „Wir möchten Sie auffordern, Gitta Rose am 29. April um elf Uhr zum Röntgen in die Landesfrauenklinik zu bringen."

„Daran habe ich nicht mehr gedacht", sagte Hartmut. Auf seinem Schoss saß Erich. Gitta lag in ihrem Kinderbett im Nebenzimmer und schlief.

„Ich auch nicht", erklärte Ilse. Sorgenvoll lief sie auf und ab.

„Jetzt setz dich, Ilse", forderte Hartmut genervt. „Du machst mich ganz nervös."

„Ich bin nervös", sagte sie verärgert.

Dennoch folgte sie der Anweisung ihres Mannes. Eine Zeit lang schwiegen sie sich an. Schließlich gähnte Erich, und Hartmut erhob sich, um ihn in sein Kinderzimmer zu bringen. Auch das Paar ging früh zu Bett. Ilse schlief in dieser Nacht schlecht. Ihre Gedanken kreisten ständig um Gitta. In den letzten Monaten hatte die junge Frau Dr. Picards Worte kurz nach Gittas Geburt erfolgreich verdrängt.

„Um Himmels Willen", sagte Anna fassungslos.

Entsetzt blickte sie auf die aus Leibeskräften schreiende Gitta. Das sechs Monate alte Mädchen war von der Hüfte bis zu den Füßen komplett eingegipst. Die Ärzte hatten eine Hüftdysplasie diagnostiziert. Gittas Fehlstellung der Hüfte war gravierender als von Dr. Picard zuvor angenommen. Das Röntgenbild hatte ihm keine Wahl gelassen. Jetzt lag das Kleinkind wie ein Frosch mit gespreizten Beinen auf dem Bett. Eine Stellage im Bett diente zum Urin ablassen. Erich saß weinend neben der brüllenden Schwester. Fest drückte er seinen Teddybären an sich.

„Wie lange bleibt dieser Zustand so?", erkundigte Anna sich flüsternd.

„Acht Wochen", entgegnete Ilse. Sie kämpfte gegen die aufsteigenden Tränen.

„Wie reagierte Hartmut?", wollte Anna wissen.

Sie betrachtete ihre Tochter eingehend. Diese gefiel ihr nicht. Dunkle Augenringe zeugten von zu wenig Schlaf. Die blondierten Haare standen ihr Annas Meinung nach nicht. Die Tochter hatte es auf Hartmuts Wunsch hin gebleicht. Außerdem störte sich Anna an dem ausgestopften Büstenhalter. ›Hartmut sollte Ilse so nehmen, wie sie ist‹, dachte sie verärgert. Anna nahm sich vor, Ilse darauf anzusprechen. Jedoch wollte sie damit warten, bis sich Gittas Gesundheitszustand gebessert haben würde.

„Er war völlig schockiert", berichtete Ilse. „Du weißt, dass die Kinder sein ein und alles sind."

Anna nickte zustimmend. Seine Liebe zu den Kindern war nicht zu übersehen.

„Er versuchte trotzdem, mich zu trösten", fuhr Ilse fort. „Und er wird heute zeitig heimkommen."

„Wenn ihr Hilfe braucht, ein Wort genügt", sagte Anna resolut. „Ich bleibe augenblicklich wieder länger bei euch, wenn ihr es wünscht."

Ilse schüttelte den Kopf. Sie musste es mit ihrem Mann gemeinsam durchstehen. Das würde sie zusammenschweißen.

Die erste Woche war schrecklich. Gitta war nicht zu beruhigen. Bis auf die Stunden, in denen sie, vom Toben erschöpft, schlief, schrie sie rund um die Uhr. Ilses Nerven lagen blank. Erich litt unter dem Elend seiner Schwester. Er verlor seinen Appetit, und die Frauen zwangen sich zu einer Entscheidung. Bis sich Gitta beruhigt haben würde, sollte Erich in Annas Wohnung übernachten. Dort würde es ihm besser gehen.

Zu Ilses und Hartmuts grenzenloser Erleichterung ebbte Gittas Wut nach weiteren sieben Tagen langsam ab. Trotzdem vergingen die Wochen im Schneckentempo. Als nach acht Wochen endlich der Gips abgenommen wurde, war die Freude grenzenlos. Durch eine abnehmbare Spreizschale wurde der Zustand deutlich erträglicher. Ilse konnte ihre Tochter waschen und

Gitta auf normalem Wege die Windel füllen. Trotzdem zehrten die vergehenden Monate an Ilses Kräften. Gitta musste noch an ihrem ersten Geburtstag zeitweise die Korrekturschale tragen. Das Ehepaar begann vorsichtig, dem Mädchen auf die Beine zu helfen. Erste Krabbelversuche waren im Januar 1961 ein großer Erfolg. Mit seiner ganzen Kraft versuchte Erich, die Schwester zur Bewegung zu animieren. Die erschlaffte Muskulatur entwickelte sich nur langsam.

„Wir werden im Juni für vierzehn Tage aufs Land fahren", bestimmte Hartmut. Er saß am Steuer des roten VW Käfers. Neben ihm auf dem Beifahrersitz kauerte die in sich gekehrte Ilse. Die blondierten Haare betonten das bleiche Gesicht. Ans Haus gefesselt, wurde Ilse zunehmend depressiver. Anna hatte das Zubereiten der Mahlzeiten vollständig übernommen. „Du brauchst frische Luft. Es geht Gitta soweit wieder gut. Die Spreizschale werden wir in Wuppertal lassen, wenn wir im Juni nach Rönsal fahren."

Der Fahrtwind drang durchs geöffnete Fenster, und die dichten, halblangen, dunklen Locken des Mannes bewegten sich.

„Du möchtest zu Robert auf die Ölmühle?", fragte Ilse verwundert.

„Er weiß Bescheid", antwortete Hartmut. „Wir brauchen nur den halben Preis zahlen. Wir verabredeten, dass du ihm und Hedwig bei der Ernte zur Hand gehen wirst. Ich bin sicher, es wird dir guttun. Um die Kinder kümmere ich mich im Urlaub."

Ilse schluckte. Einen Moment überlegte sie, Hartmut zu fragen, warum er nicht wissen wollte, ob sie einverstanden war. Doch es fehlte ihr dafür an Kraft. `Und er hat Recht´, dachte sie schließlich. `Mir fehlt die Natur und der Geruch von Heu und Stroh.´

Hartmuts Vetter, Robert, bewirtschaftete ein kleines Stück Land in Kierspe im Ortsteil Rönsal. Die Stadt lag im südlichen Zipfel Westfalens und grenzte an das Rheinland. Die Ölmühle stand seit 1900 unter Denkmalschutz und war nur von außen zu besichtigen. Dennoch lockten die Mühle und der zugehörige Fischzuchtteich etliche Besucher aufs Land. Robert und seine Familie nutzten einen Teil ihres Gutes als Ferienwohnung. Ilse sehnte sich sehr nach Urlaub und nach Landluft. Die Geburt und die Erkrankung ihrer Tochter hatten eine Reise bisher unmöglich gemacht. Sie freute sich, endlich die Stadt verlassen zu können.

In den ersten Tagen hatten sie zu Fuß die Umgebung erkundet. Stolz hatte Hartmut Gittas Kinderwagen geschoben und Ilse den bald sechsjährigen Erich an der Hand gehalten. Rönsal war ein Paradies, fand Ilse. Dieser Ortsteil von Kierspe war in etwa so groß wie Rosenthal. Doch im Gegensatz zum rund um die Dorfkirche angelegten Dorf im Hessenland, bestand Rönsal aus parallel verlaufenden Straßen, die von Laubbäumen gesäumt wurden.

Nachdem ihre Neugierde auf die Landschaft gestillt war, juckte es Ilse in den Fingern. Sie zog sich ein Kopftuch an, schlüpfte in einen abgetragenen Kittel und eilte zu Hedwig und Robert aufs Feld. Aktiv beteiligte sie sich bei der Heuernte, während Hartmut mit den Kindern auf einer Wiese lag und sie bei ihrer Arbeit beobachtete.

Ilse blühte auf. Die strahlende Sommersonne bräunte ihr Gesicht und ihre Arme. Durch die Feldarbeit und die Landluft kehrte ihr guter Appetit zurück. In den zwei Wochen rundete ihr Körper sich wieder. Hartmut erfreute sich zwar an den weiblichen Kurven, mahnte seine Frau jedoch zur Mäßigung. Sie solle nicht werden wie ihre Mutter, bemerkte er deswegen, als der Urlaub dem Ende zuging. Darüber ärgerte Ilse sich, aber alle Sorgen um Gitta waren verschwunden.

Doch dann erwachte Erich am Abreisetag mit hohem Fieber.

„Hartmut, sieh mal, Erich ist krank. Seine Stirn glüht vom Fieber", sagte sie im Nachthemd zu Hartmut.

Verschlafen kletterte dieser aus dem Bett.

„Wie hoch?", wollte er besorgt wissen.

Ilse hatte den Jungen zum Fiebermessen auf den Bauch gelegt. Jetzt zog sie das Thermometer aus dem Po und schaute ängstlich drauf.

„39.5", erklärte sie erschrocken. „Robert wird uns erst in zwei Stunden zum Bahnhof bringen. Wir müssen Erich unbedingt feuchte Wadenwickel machen."

Trotz allen Bemühens sank das Fieber nicht. Zu dieser Zeit erkrankten viele Kinder an Polio. Die Kinderlähmung war eine regelrechte Epidemie. Ilse und Hartmut fürchteten, dass auch Erich daran erkrankt war. Am morgigen Montag wollten sie unverzüglich Dr. Mayer in Wuppertal anrufen. Der Kinderarzt machte Hausbesuche.

„Das Verreisen ist nichts für Ihre Kinder", sagte Dr. Mayer ernst. „Mir ist bewusst, Frau Rose, dass es Ihnen in der Stadt manchmal zu eng wird. Aber wenn Sie Ihren Kindern einen Gefallen tun möchten, bleiben Sie mit ihnen daheim."

Der Zustand von Erich hatte sich in der Nacht bedeutend verschlechtert. Mehrfach hatte er sich übergeben, und Ilse hatte die Bettwäsche wegen seines Durchfalls wechseln müssen.

„Polio ist es nicht", erklärte Dr. Mayer. „Doch er leidet an einer Magen- und Darminfektion. Achten Sie auf eine ausreichende Flüssigkeitszufuhr, und geben Sie ihm Salz in die Getränke. Morgen werde ich wieder nach ihm sehen. Und", er wandte sich zu der etwas abseits in ihrem Gitterbettchen liegenden Gitta, „ich denke, sie wird auch erkranken."

Das war nichts Ungewöhnliches. Meistens steckten die Kinder einander an.

Am nächsten Vormittag öffnete Ilse dem Arzt weinend die Tür. Sie fühlte sich völlig überfordert. Trotz Annas Hilfe wurde sie der Situation nicht Herr. Gittas Bauch war geschwollen wie ein Luftballon und knochenhart.

„Es ist so merkwürdig, Herr Dr. Mayer", schluchzte sie. „Fieber hat sie so hoch wie Erich, aber sie führt nicht ab. Sehen Sie sich ihren Bauch an."

Stirnrunzelnd tastete der Arzt Gittas geblähten Leib ab. Er entnahm seiner Arzttasche ein Klistier.

„Sie muss dringend abführen", sagte er.

Gerade erst war der Arzt gegangen, als Gittas Durchfall begann. Die beiden Frauen kamen nicht zur Ruhe. Als Hartmut endlich von der Arbeit heimkehrte, waren sie vollkommen erledigt. Es stank bestialisch.

„Ilse, ich kann dir dabei nicht zur Hand gehen, mir wird schlecht", sagte er mit vor dem Mund gehaltener Hand.

„Ich bleibe heute Nacht hier, Hartmut", bestimmte Anna trotz ihrer Erschöpfung energisch.

Diesmal hatte Hartmut nichts dagegen einzuwenden. Die Nacht wurde zur Katastrophe.

„So riecht kein gewöhnlicher Durchfall", sagte Ilse leise zu ihrer Mutter.

„Der von Erich riecht normal", erwiderte Anna, auf den mittlerweile schlafenden Jungen schauend. „Morgen um acht Uhr müssen wir sofort Dr. Mayer anrufen. Er muss so schnell wie möglich kommen."

„Ja, ich verstehe", sagte Ilse in den Telefonhörer. „Wegen der Epidemie. Sagen Sie ihm bitte, es ist sehr dringend."

Ilse legte auf.

„Dr. Mayer ist unterwegs. Es gibt sehr viele Krankheitsfälle in Wuppertal", sagte sie traurig zu ihrer Mutter. „Wir sollen ihr Traubenzucker geben und viel zu trinken."

Das war leichter gesagt als getan. Alles, was die Frauen in das Kleinkind hinein schütteten, kam augenblicklich oben oder unten wieder hinaus. Es war dreizehn Uhr als die Türklingel endlich den ersehnten Arzt ankündigte.

„Die stirbt Ihnen", sagte Dr. Mayer beim Anblick des ausgezehrten Mädchens. „Ich rufe sofort den Krankenwagen."

In aller Eile packte Ilse ein paar Sachen zusammen. Schließlich warteten sie. Doch der Rettungswagen kam und kam nicht. Ilse rief Hartmut in seinem Büro an.

„Wir sollen Frau Kruge fragen, ob sie uns mit ihrem Auto ins Krankenhaus fährt", sagte Ilse aufgeregt zu ihrer Mutter.

Anna lief schnurstracks ins Erdgeschoss. Die dort wohnende Vermieterin war in Rente und zu ihrer großen Erleichterung zu Hause. Hastig stiegen die zwei Frauen mit beiden Kindern in das vor der Wohnung parkende Auto.

„Der Rettungswagen", stöhnte Anna und quetschte ihren unförmigen Körper durch die hastig geöffnete Beifahrertür. Mit Schweiß auf der Stirn und brennenden Wangen winkte sie den Sanitätern. Wie in Trance stieg Ilse mit Gitta in den Krankenwagen. Anna blieb mit Erich und Frau Kruge zurück. In ihrem PKW würden sie den anderen folgen.

„Die haben kein Blaulicht an", stellte Anna nach wenigen Minuten verwundert fest.

„Eilig scheinen sie es nicht zu haben", ergänzte Frau Kruge. „Sie halten an jeder roten Ampel. Wie kommt das?"

Genau das fragte auch Ilse den mit ihr im Inneren des Rettungswagens sitzenden Sanitäter.

„Es wurde kein Notfall gemeldet, deswegen müssen wir uns an die Verkehrsregeln halten", erklärte er sachlich.

Ilse war fassungslos. Schon wieder stand der Wagen still. Verzweifelt sprang sie auf und klopfte mit aller Wucht gegen die Wand, die sie von Fahrer und Notarzt trennte.

„So beruhigen Sie sich doch", rief der junge Sanitäter. Er versuchte, Ilse zurückzuziehen, doch die Angst verlieh ihr große Kraft. Plötzlich ging die Tür auf, und der Notarzt stieg ein. Nach einem kurzen Blick auf das apathische Mädchen stieß er einen lauten Fluch aus. Im Nu war er verschwunden, und Ilse hörte endlich die Krankenwagensirene aufheulen. Der Fahrer gab Vollgas. Nach einer gefühlten Ewigkeit erreichten sie die Mädchenstation der Landesfrauenklinik. Die Sanitäter rannten mit Gitta los und Ilse hinterher.

„Wie, keiner da?", hörte sie einen zu der diensthabenden Schwester sagen. „Dann holen Sie einen Arzt von der Jungenstation. Verdammt noch mal, das ist ein Notfall."

Es wurde fast sechzehn Uhr, bis endlich ein Arzt erschien. Auf der Mädchenstation war an diesem Tag zu wenig Personal wegen des Magen- und Darmvirus.

„Venenzugang, Sauerstoff", wies der Arzt die losrennende Schwester an. „Gehen Sie nach Hause", sagte er zu Ilse. „Rufen Sie in einer Stunde an."

Wie betäubt kam Ilse der Aufforderung nach. Sie verließ die Klinik, stieg zu ihrer Mutter und Frau Kruge in das Auto und atmete tief aus.

„Ich rufe jetzt an", sagte Hartmut. Er hatte sich aus Sorge um seine Tochter eher frei genommen. Erich saß zitternd wie Espenlaub auf Annas Schoß. Ilse hatte nicht die Kraft, sich um ihren Sohn zu kümmern, so gelähmt war sie.

„Oh mein Gott", sagte Hartmut in den Telefonhörer.

„Was ist?", schrie Ilse mit vor Panik weit aufgerissenen Augen.

Hartmut legte langsam den Hörer auf. Er blickte seiner Frau in die Augen. Ilse sah seinen wahnsinnigen

Schmerz. Sie wusste, was er sagen würde. Sie hatte es die ganzen, schrecklichen Stunden lang geahnt.

„Sie ist tot?", fragte sie mit fast tonloser Stimme.

Hartmut nickte nur. Ilse weinte nicht. Sie saß einfach auf dem Küchenstuhl und versank im Nebel. Ein Schmerz, der alles übertraf, was sie jemals gefühlt hatte, breitete sich in ihr aus. Sie krallte ihre Nägel in die Oberarme, so fest, dass Blut floss.

„Ilse", sagte Anna leise. Die sonst so patente Frau wusste nicht, was zu tun war. Sie entschied, an Stelle der Eltern den Kinderarzt Dr. Mayer zu informieren. Eine halbe Stunde später war er da. Nach seinen Beileidsbekundungen begann er sich um Erich zu kümmern. Ihm war klar, dass der Junge weder bei seiner Mutter noch bei seiner Großmutter bleiben konnte. Erich war selbst zu geschwächt und immer noch nicht gesund. Er entschied, ihn zumindest bis nach Gitta Roses Beerdigung ins Krankenhaus einzuweisen. Und zwar in das in der Nähe liegende Bethesda Krankenhaus.

Am dritten Juli wurde Gitta Rose zu Grabe getragen. Am Tag darauf fuhren Ilse und Hartmut zum Krankenhaus, um Erich nach Hause zu holen. Hartmut hatte sich eine Woche frei genommen, um seiner Frau beistehen zu können. Jetzt klopften sie an das Fenster des Schwesternzimmers. Sie hatten Erich nicht in seinem Zimmer angetroffen.

„Herr und Frau Rose?", sagte die dunkelhäutige Diakonisse in fragendem Tonfall.

Ilse und Hartmut nickten zustimmend.

„Bitte nehmen Sie einen Moment im Wartebereich Platz. Doktor Samari möchte Sie sprechen", informierte sie das Ehepaar.

Wenig später begrüßte sie der indische Stationsarzt höflich.

„Ich habe leider eine schlechte Nachricht für Sie", begann er ernst. „Wir führen regelmäßig Routineuntersuchungen zur Tuberkulose durch. Bei der zweiten Probe bildeten sich bei Ihrem Sohn einige Pöckchen. Daraufhin wurde ihm Tuberkulin ins Bein gespritzt, und es entwickelte sich ein Abszess. Die Röntgenuntersuchung der Lunge zeigte Schatten auf beiden Lungenflügeln. Erich wurde in die Quarantäne-Station der Kinderklinik in Barmen überwiesen."

Ilse sackte in sich zusammen, doch Hartmut reagierte aufgebracht.

„Warum wurden wir nicht früher informiert?", begehrte er auf. Eine Zornesfalte hatte sich auf seiner Stirn gebildet.

„Herr Rose, wir taten das aus Rücksichtnahme auf Ihre Frau", sagte der junge Inder beschwichtigend. „Sie beide sollten zunächst die Beerdigung Ihrer Tochter überstehen."

„Ich möchte meinen Sohn sehen", schrie Ilse. Sie hatte die Kontrolle über ihren Körper verloren. Ihre Knie zitterten so stark, dass sie sich setzen musste. Die Zähne klapperten, als sei ihr bitterkalt.

„Diazepam", orderte der Arzt. „Intravenös. Sofort." Er wandte sich an Hartmut. „Ihre Frau steht unter Schock. Sie braucht ein Medikament."

Sorgenvoll betrachtete Hartmut seine Frau, die zu hyperventilieren begonnen hatte. Wenige Augenblicke später erschien die Schwester und spritzte Ilse das Valium. Es wirkte rasch, und Ilse beruhigte sich.

„Sie dürfen sofort zu Ihrem Sohn. Alles wird gut, Frau Rose. Erich ist in guten Händen", beruhigte Doktor Samari die beiden. „Brauchen Sie einen Krankentransport, oder können Sie fahren, Herr Rose?"

„Ich kann fahren", antwortete Hartmut.

„Musst nicht traurig sein, Mama", sagte Erich an seinem sechsten Geburtstag zu Ilse. „Gitta machte mir ein Geburtstagsgeschenk. Ich träumte, sie sei jetzt mein Schutzengel. Das ist so, Mama. Vor ihrem Tod hatte ich keinen. Jetzt ist Gitta immer bei mir."

Ilse kamen die Tränen. Sie trug Handschuhe und einen Mundschutz. Das Einzelzimmer von Erich hatte eine zu großen Teilen verglaste Wand, damit der Junge das Klinikpersonal sehen konnte. Auf seinem Bett wartete der Teddybär. Er würde bis Ende Oktober auf der Isolierstation bleiben müssen. Seine Einschulung würde sich um ein Jahr verzögern. Tapfer ertrug der Junge sein Schicksal. Er schien die Liebe seines Ziehvaters zum Zeichnen zu teilen. Das Malen war sein Zeitvertreib.

In den ersten Wochen ohne ihre Kinder verbrachte Ilse die meiste Zeit im Bett. Die Obduktion von Gitta hatte ergeben, dass sie im Urlaub Gras gegessen hatte, welches mit Sporen des Strahlenpilzes kontaminiert gewesen war. Ilse konnte diese Nachricht nicht verkraften. Hartmut, Anna und die Brüder vermochten die gebrochene Frau nicht aufzuheitern. Anfang August suchte Hartmut den Hausarzt auf.

„Ihre Frau braucht wieder ein Kind", sagte dieser. „Reden Sie mit ihr darüber."

Am Abend nahm Hartmut Ilse in den Arm. Er sah ihr lange in die Augen, deren graugrüner Glanz erloschen war. Behutsam berichtete er ihr von seinem Besuch beim Hausarzt.

„Ich weiß, Schatz, es ist alles noch sehr frisch", begann er zaghaft. „Aber ich möchte nicht, dass das Leben uns verliert. Wir sind so jung, haben den Krieg überstanden. Lass uns nicht aufgeben, auch Erich zuliebe. Er würde sich gewiss über ein Geschwisterchen freuen."

Lange Zeit schwieg Ilse. Schließlich schlang sie die Arme um ihren Mann.

Als Ilse Ende Oktober mit Erich die Kinderklinik verließ, war sie bereits guter Hoffnung. Trotzdem war sie völlig erledigt, während sie zu Frau Kruge in den Wagen stieg.

„Hört das denn nie auf?", stöhnte sie.

„Was ist passiert?", erkundigte sich die hilfsbereite Vermieterin.

„Die Kinderärzte möchten Erich unbedingt zur Kur nach Bad Salzuflen schicken", erklärte sie aufgebracht. „Ich muss unverzüglich Dr. Mayer anrufen, sobald wir zu Hause sind."

„Ich möchte nicht nach Bad Salzuflen", meldete sich Erich von der Rückbank.

„Ich werde machen, was ich kann", versprach Ilse.

Die Familie hatte Glück. Dr. Mayer setzte sich energisch dafür ein, dass der Junge zu Hause bleiben durfte. Nachdem das Gesundheitsamt überprüft hatte, ob der

Haushalt sauber war und Erich ein eigenes Bett besaß, durfte der Kinderarzt die ambulante Betreuung mit Neotubin fortsetzen. Etwas Ruhe kehrte in Ilses Leben ein. Langsam erholte sie sich von dem schweren Schicksalsschlag. Mit den Monaten wölbte sich ihr Bauch mehr und mehr. Im Gegensatz zu früher riet Dr. Mayer ihr jetzt zu einem langen Erholungsurlaub auf dem Land. So verbrachte Ilse ihren letzten Schwangerschaftsmonat bei Robert und Hedwig. Hartmut blieb der Arbeit wegen in Wuppertal, besuchte seine Familie jedoch an den Wochenenden.

Schnee lag auf den Feldern im Februar 1962. Hochschwanger, wie sie war, machte Ilse nur kurze Ausflüge zu Fuß. Erich war in den Ställen und beobachtete die Tiere. Außerdem machte er Schneeballschlachten mit den Landkindern. Er war vollständig genesen und Ilse darüber überglücklich.

Eines Abends saßen sie zusammen am Esstisch. Robert und seine Tochter hatten sich zu ihnen gesellt, und auch Rolf war anwesend. Der Bruder von Ilse würde Ende November volljährig werden und nutzte seinen Urlaub für einen Kurzbesuch auf der Ölmühle. Erich war außer sich vor Freude. Er liebte seine Onkel sehr.

„Mama, du isst zu viel. Bald wirst du so dick wie Oma sein", sagte der Junge mit vollem Mund.

Hedwig hatte einen Braten serviert mit Lorbeerblättern und getrockneten Pflaumen in der fetten Sauce. Rolf und Marie grinsten bis über beide Backen, während Ilse und Robert sich verlegen ansahen.

'An den Klapperstorch wird er nicht mehr glauben', dachte Ilse mit glühenden Wangen.

„Ilse", flüsterte die an ihrer Seite sitzende Marie ihr zu. „Lass uns nach dem Essen einen kurzen Spaziergang unternehmen."

Sie gingen durch den Schnee in Richtung des kleinen Waldes, der an das Grundstück der Familie grenzte.

„In wenigen Tagen wird bei uns eine Kuh kalben", begann die aufgeweckte, junge Frau. „Was meinst du? Soll ich Erich holen, wenn es soweit ist? Dann weiß er, was eine Geburt ist, und du ersparst dir ein Gespräch."

„Marie, das ist eine gute Idee", sagte Rolf zu der kleinen, rundlichen Schwarzhaarigen. Ilse war aufgefallen, dass die zwei miteinander kokettierten.

„Auf gar keinen Fall", wehrte Ilse ab. „Er kann kein Blut sehen. Was meint ihr, was er denken würde, welche Schmerzen mich bei der Entbindung erwarten werden? Das ersparen wir ihm bitte."

Am Wochenende darauf fasste sich Hartmut ein Herz. Er führte ein Gespräch unter vier Augen mit seinem Sohn.

Pünktlich zum errechneten Termin kam Gerda Rose am dreizehnten April in der Wuppertaler Landesfrauenklinik zur Welt. Aufgeregt besuchte Erich in Begleitung seines Vaters und seiner Großmutter die Mutter.

„Sie ist rot und schrumpelig wie ein vertrockneter Apfel", sagte er mit gerunzelter Stirn. „Gitta war anders."

„Alle Säuglinge sehen am ersten Lebenstag so aus", erklärte Ilse. Diese Geburt war ihr schwer gefallen. Die Ereignisse der Vergangenheit hatten sich bemerkbar gemacht. Trotzdem beobachtete die junge Mutter glückselig das Neugeborene hinter der Glasscheibe. Es wurde von einer Krankenschwester hochgehalten.

„Wann wirst du nach Hause kommen?", wollte Erich wissen. „Wirst du bei meiner Einschulung dabei sein?"

Der Junge sollte am vierundzwanzigsten April, dem ersten Werktag nach Ostern, in die Grundschule Gertrudenstraße eingeschult werden.

„Voraussichtlich werde ich in drei Tagen entlassen", antwortete Ilse.

Die Ärzte hatten entschieden, Ilse noch ein paar Tage in der Klinik zu behalten. Der Kreislauf war etwas durcheinander geraten, und die Blutdruckwerte variierten stark.

Hartmut ging ganz nah an die Glasscheibe ran. Gerda wirkte robust und gesund. Die Ärzte hatten keinen Verdacht auf eine Fehlstellung der Hüfte geäußert. Darüber war Hartmut erleichtert. Im Stillen gab er sich und seinen Genen die Schuld an Gittas frühem Elend.

Bergerland, Oktober 2016

An diesem Sonntagabend im Oktober ist es frisch. Ein kühler Wind weht, und Wolken dämmen das Licht. Ilse ist froh, den Tisch im Inneren der Hütte gedeckt zu haben. Die Gäste erwartet ein kaltes Büffet. Am Vortag kaufte sie auf dem Bergerhof Rotwurst, Schinken und Wildfleisch. Sie greift in den Kühlschrank und holt ihre vorbereitete Käseplatte raus. Sie hat an nichts gespart für dieses letzte Fest. Der Brotkorb auf dem Tisch ist reich gefüllt mit diversen Brotsorten aus der Landbäckerei. Rührei mit Speck, hartgekochte Eier und eine riesige Schüssel mit Schichtsalat runden das Angebot ab. Zufrieden sieht Ilse auf die Uhr. Es ist zwanzig nach fünf. Sie hat noch etwas Zeit. Gemächlich schlüpft sie in eine dicke Steppjacke. Sie verlässt die Wärme des kleinen

Raumes und setzt sich auf die Bank vor der Tür. Von hier hat sie alles im Blick. Sie schaut in die Abenddämmerung. Sie denkt an ihre Kinder und Enkelkinder. Zwei schenkte Erich ihr, Gerda ist kinderlos geblieben. Die Geschwister sind sich nicht immer einig. Mal ist der Kontakt intensiver, dann wieder gibt es Zeiten, in denen der wechselseitige Kontakt fast nicht vorhanden ist.

`Erich hatte bereits von Gerdas Geburt an eine weniger innigere Beziehung zu ihr als zu der verstorbenen Schwester´, denkt sie. `Gerda konnte ihm Gitta nicht ersetzen. Er verbrachte in ihren ersten Monaten viel Zeit in und mit der Schule. Vielleicht liegt es daran?´, überlegt sie. Doch sie kann sich nicht beklagen. Ihre Beziehung zu den Kindern ist sehr gut.

`Die Kinder sind verschieden´, denkt sie. `Erich besuchte das Gymnasium, Gerda die Realschule. In ihrer Jugend war ich viel mit ihnen unterwegs. Manchmal zu viel, das weiß ich. Ich musste raus in den Wald, in die Natur. Viele Ausflüge unternahm ich meinetwegen mit ihnen. Doch sie beschwerten sich nie.´ Ilse faltet die Hände im Schoß. Ihre Gedanken wandern zu Margret und ihrem kranken Mann. Seit Gerdas Einschulung sind sie befreundet. Ihre Kinder brachten sie zusammen. Viele Wochenenden picknickten sie an Seen und Talsperren. Es gab Zeiten, da hatte sie um die Freundschaft kämpfen müssen. Hartmut war diese Verbindung weniger wichtig als ihr. Er wollte oft zu Hause bleiben, statt Ausflüge zu unternehmen. Doch Ilse gab nicht auf. `Ich habe es geschafft´, überlegt sie stolz. `Die Freundschaft besteht bis heute.´

Das Eintreffen der Gäste unterbricht ihre Erinnerungen. Sie kommen langsam die Wiese runter. Es ist eine bunt *zusammen gewürfelte Truppe. Schwester Hanni führt die Gruppe an. Alle sind sie Mitglieder des Kirchenchores in der Friedhofskirche. Ilse ist seit 1977 dabei. Sie treffen sich einmal in der Woche zur Chorprobe. In den ersten Jahren begleitete sie ihre Tochter dorthin. Kurz nach deren Konfirmation traten sie dem Chor bei. Ilse strahlt, weil Schwester Hanni fröhlich winkt. Die lebensfrohe Diakonisse ist die Leiterin der Gesangsgruppe. So schnell, wie sie es vermag, geht Ilse zum Gartentor.*

Fortbewegung, April – August 1975

„So ein Schwachsinn" meinte Hartmut an diesem Sonntagmorgen im April 1975. Kopfschüttelnd schmierte er Butter auf sein Frühstücksbrötchen. „Den Führerschein möchtest du machen? Mit siebenunddreißig Jahren? Das hast du nicht nötig. Ich fahre dich überall hin. Deswegen habe ich schließlich meinen Wagen."

Seit zehn Jahren war Hartmut der stolze Besitzer eines Karmann Ghia. Das grüne Auto mit dem weißen Dach war ein kleiner Sportwagen von VW. Eine Rückbank gab es nicht, nur eine Klappbank für den Notfall. Dort mussten die Kinder sitzen, wenn es in den Urlaub ging. Ilse hatte kein Mitspracherecht gehabt, was die Auswahl eines Autos betraf. Der Ghia sah prächtig aus, praktisch war er jedoch nicht.

„Ich möchte mobil sein, wenn du im Büro bist", antwortete Ilse. Sie riss eine Werbeanzeige aus der Westdeutschen Zeitung.

„Von mir gibt es dafür keinen Pfennig", sagte Hartmut und biss in sein Marmeladenbrötchen.

„Ich habe mir das Geld mit meinen Aushilfstätigkeiten zusammen gespart", entgegnete Ilse stolz. Ihre Tochter war mittlerweile fast dreizehn, und Ilse machte als ungelernte Kraft allerlei Arbeiten. Sie putzte Treppenhäuser, half in einem Kaufhaus aus und nähte. Der Werbetext der Fahrschule in der Nähe sprach sie an. Noch heute würde sie dort anrufen, überlegte sie.

Wenige Tage später saß sie zum ersten Mal in ihrem Leben auf dem Fahrersitz. Etwas mulmig war ihr schon.

„Muss ich direkt fahren?", erkundigte sie sich zaghaft. Sie hatte sich am Morgen für eine Hose entschieden. Gegen den Willen ihres Mannes hatte sie sich mehrere Hosen gekauft. Hosen waren praktisch, fand sie.

„Deswegen sind Sie hier, Frau Rose", sagte Herr Gruber schmunzelnd. Der grauhaarige Fahrlehrer war kurz vor der Rente. Er hatte viel erlebt in all den Jahren. Unbeholfen würgte Ilse mehrfach den Motor ab. Mit Engelsgeduld erklärte Herr Gruber ihr wieder und wieder, was sie zu machen habe. Endlich klappte es, und sehr langsam fuhren sie los. Am Ende ihrer ersten Fahrstunde war sie erschöpft aber zufrieden. Sie würde es schaffen, da war sie sich sicher.

Die Zukunft sollte ihr Recht geben. Ende Mai bestand sie ihre Fahrprüfung. Hartmut hatte sich nicht mehr zu ihrem Unterfangen geäußert. Als sie ihm stolz den Führerschein präsentierte, fragte er lediglich: „Und mit welchem Auto möchtest du fahren?"

„Erstmal mit unserem natürlich", antwortete Ilse mit leuchtenden Augen. „Komm, gib mir die Schlüssel. Wir machen eine Testfahrt."

„Das ist nicht dein Ernst, Ilse", sagte Hartmut entrüstet. „Ich lasse dich doch nicht meinen Karmann fahren."

Ilse war sprachlos. Die Enttäuschung stand ihr deutlich ins Gesicht geschrieben. Ernst betrachtete sie ihren Mann. Sein Haar begann sich zu lichten, seine Stirn war so hoch wie die seines verstorbenen Vaters. Schlank war er nicht mehr. Seinem Bauch war das tägliche Abendbier anzusehen. ´Gut´, dachte sie. ´Ich sehe auch nicht mehr aus wie Anfang zwanzig. Aber noch halte ich meine Konfessionsgröße 42.´ Ilses Haare waren sehr kurz geschnitten und wieder mittelblond wie in ihrer Jugend. Hartmut wünschte es sich anders, doch mit den Jahren war sie selbstbewusster geworden. Auch wenn sie die Meinungsverschiedenheiten mit Hartmut betrübten, war sie stolz auf ihre Durchsetzungskraft.

„So, Hartmut", sagte sie ruhig. „Ich werde zu meiner Mutter gehen und ihr meinen Führerschein zeigen."

Weil es heute sehr windig war, zog sie ihren an der See gekauften Friesennerz an. Eines musste sie Hartmut lassen, er fuhr jedes Jahr mit ihr und den Kindern in den Urlaub. Rasch verließ sie die Wohnung und ging die Straße runter zu Anna. Jetzt nieselte es noch dazu. Dieser Mai war sehr ungemütlich. In ihrer Jugend waren die Jahreszeiten noch verlässlich gewesen. Heutzutage konnte ein Mai auch verregnet sein. Sie betätigte die Türschelle, und wenig später saß sie vor einer Tasse Kaffee an Annas Küchentisch. Ihre knapp dreiundsechzigjährige Mutter sah fast wieder so aus wie früher. Sie hatte sich von den Folgen eines Schlaganfalls erstaunlich gut erholt. Gerhard hatte sie zum Glück gefunden, und die Behandlung hatte sofort beginnen und das Schlimmste verhindern können. Lediglich ein leicht hängender, linker Mundwinkel zeugte noch davon. Ihr Gesicht war trotz der Fülle faltig, und die Haare waren schon weiß. Ihre dunklen Augen strahlten vor Stolz auf ihre Tochter.

„Weil Hartmut dich nicht unterstützt, werde ich es machen", beteuerte sie. „Wenn du möchtest, werde ich dich sofort zu VW begleiten."

Die patente Anna machte Nägel mit Köpfen. Nur wenige Tage später saßen die zwei Frauen überglücklich in Ilses gebrauchtem VW Käfer. Ilse versprach, viele Ausflüge mit ihrer Mutter zu unternehmen. Weil ihre Brüder verheiratet waren und eine Familie gegründet hatten, war Anna trotz der regelmäßigen Besuche viel allein. Die in der gleichen Straße lebende Ilse verbrachte von all ihren Kindern die meiste Zeit mit ihr, und den in Düsseldorf wohnenden Rolf sah die ältere Frau zu ihrem Bedauern selten.

Erichs zwanzigster Geburtstag fiel dieses Jahr auf einen Sonntag. Die Familie saß an dem heißen Julitag im Garten. Ihr neuer Vermieter, der Sohn von Frau Kruge, hatte die Wohnung der verstorbenen Mutter vermietet und allen Hausbewohnern das Gartennutzungsrecht erteilt.

„Wie gefällt es dir an der Universität?", wollte Anna von ihrem Enkel wissen. Sie hatte ihm einige Fachbücher geschenkt, die er für sein Lehramtsstudium benötigte. Seit einem Jahr studierte Erich an der vor Kurzem fertig gebauten ˋBergischen Universität Wuppertal.´

„Es ist alles aufregend", berichtete der junge Mann. Er trug seine Haare lang wie ein Mädchen. Niemand konnte ihn dazu bewegen, zum Friseur zu gehen.

„Ich bin gespannt, wann wir endlich in den Hauptcampus am Grifflenberg einziehen können."

„Es wurde so viel zerstört im Krieg", erinnerte sich Anna seufzend.

„Die ersten Würstchen sind fertig", rief Hartmut vom Grill aus. „Kommt her, und bedient euch."

Das ließen sie sich nicht zweimal sagen. Erich und Mira, seine Freundin, eilten zum Buffettisch neben dem Grill. Ilse hatte Kartoffelsalat und allerlei weitere Köstlichkeiten aufgetischt. Die beiden jungen Leute griffen beherzt zu. Ilse blickte ihnen nach. ʻNächstes Jahr wird Erich gewiss ausziehenʻ, dachte sie bedrückt.

„Komm, Gerda, lass uns auch etwas zu essen holen", forderte sie das neben ihr sitzende Mädchen auf.

Gerda hatte schöne, hellbraune Flechten, die ihr bis weit über die Schultern reichten. Die vollen Haare hatte sie von ihrem Vater geerbt und die hellen Augen von ihrer Mutter. Sie war entzückend anzusehen in ihrem bayrischen Trachtenrock und der weißen Rüschenbluse. Ilse hatte viele Trachtensachen aus ihren Familienurlauben in Bayern mitgebracht. In seiner Jugend trug auch Erich Lederhosen und Hut. Doch seit seiner Gymnasialzeit hörte Ilse auf, ihn so zu kleiden. Im Gegensatz zu Gerda hatte er Probleme mit seinen Mitschülern deswegen bekommen. Der Rektor hatte Ilse zu sich bestellt und sie darüber informiert. Erich war mittlerweile ein modebewusster, junger Mann. Diese Neigung teilte er mit der gleichaltrigen Mira. Ilse mochte die junge Frau, und hoffte, dass die beiden nach der Studienzeit heiraten würden. Mutter und Tochter bedienten sich, und Ilse füllte einen weiteren Teller für Anna. Sie nahm sich vor, das Fest in vollen Zügen zu genießen.

„Na, Mama, wie schmeckt dir der Kartoffelsalat?", wollte sie von ihrer Mutter wissen. Sie hatte sich für ein neues Rezept mit einem Dressing aus Essig und Öl entschieden.

„Ungewohnt, aber nicht schlecht", gab Anna Auskunft.

Die Familie blieb bis kurz vor Mitternacht im beleuchteten Garten.

'Wer weiß, ob Erich nächstes Jahr noch hier feiert?', fragte sich Ilse, als sie zufrieden in dem Bett ihres Schlafzimmers lag. Hartmut und sie schliefen seit einiger Zeit wegen Hartmuts Schnarchen in getrennten Räumen.

Anna, Januar 1979

Müde schloss Ilse die Wohnungstür. Sie war seit halb fünf auf den Beinen. Außer Mikesch begrüßte sie niemand. Der schwarze Kater schnurrte und strich um ihre Beine. Sie hatten ihn vor kurzer Zeit aus dem Tierheim geholt. Auf seinem Rücken war ein weißer Fleck, der aussah wie ein Stern.

„Hallo, Mikesch", sagte sie liebevoll.

Sie ging in die Hocke und streichelte das Tier.

„So, kleiner Freund", fuhr sie fort. „Ich muss meine Jacke ausziehen."

Sie erhob sich, ging zur Garderobe und hängte die Winterjacke auf einen Bügel. Heute hatte sie Frühdienst gehabt. Sie machte im Rahmen ihrer Ausbildung zur Altenpflegerin ein einjähriges Vorpraktikum im Bethesda

Krankenhaus. An Hartmuts Reaktion auf ihre Anmeldung dazu konnte sie sich noch gut erinnern.

„Ich sage dir, Ilse, wenn ich unsere Gerda am Brunnen am Döppersberg sitzen sehe, weil ihre Mutter sich mit zweiundvierzig selbst verwirklichen muss, werde ich dir das nicht verzeihen", hatte er getobt.

„Papa, ich werde bald siebzehn, und ich bin vernünftig", hatte ihre Tochter eingeworfen. „Mama braucht Menschen, um die sie sich kümmern kann. Erich ist verheiratet, und auch ich bin erwachsen."

Ilse musste lächeln, als sie an Gerdas Worte dachte. Sie vertraute ihrer Tochter, die an diesem bitterkalten Montag noch in der Realschule war. Schwester Hanni aus dem Kirchenchor hatte Ilse auf die Idee gebracht, einen Pflegeberuf zu erlernen. Ihre Mitschwestern des Mutterhauses im Bethesda hatten dringend Hilfe im krankenhauseigenen Altenheim benötigt. Ilse ging zum Kühlschrank und nahm Käse, Wurst und Butter heraus. Hungrig schmierte sie sich zwei Brote und schlenderte damit ins Wohnzimmer. Trotz der schweren, körperlichen Arbeit hatte sie in dem letzten Vierteljahr viel zugenommen. Sie und ihre Kolleginnen konnten keine regelmäßigen Pausen machen, weil ständig ein Bewohner nach ihnen rief oder schellte. Das hatte zur Folge, dass Ilse ständig etwas naschte. Sie bekam ihren Heißhunger nicht in den Griff. Zudem verlangte Hartmut an seinem Feierabend eine deftige Mahlzeit, an der sie teilhaben musste. `Solange ich gesund und beweglich bin, sollen mir die zusätzlichen Pfunde egal sein´, dachte sie, während sie herzhaft zubiss. Das Telefon riss sie aus ihren Gedanken.

„Rose", murmelte sie mit vollem Mund in den Hörer.

„Ilse, hier ist Anna", sagte ihre Mutter am anderen Ende der Leitung.

„Hallo, Mama", erwiderte Ilse erfreut. „Entschuldige bitte, dass ich mich nicht mehr täglich bei dir melde. Ich bin sehr beschäftigt."

„Ich weiß, mein Schatz", sagte Anna leise. Sie machte eine kurze Pause und holte tief Luft. „Ich bin an Leukämie erkrankt."

Ilse blieb vor Schreck die Spucke weg. Schlagartig wurde ihr heiß, und in ihrem Magen schien sich ein Ballon aufzublasen.

„Wie bitte?", fragte sie verstört.

Die Mutter war Ilse ein Fels in der Brandung. Trotz des Schlaganfalls schien sie ihr unverletzlich zu sein.

„Ich weiß es seit Freitag", berichtete Anna.

„Und du rufst jetzt erst an?", rief Ilse vorwurfsvoll.

„Ich musste zunächst einen klaren Kopf bekommen. Außer Elly weiß es niemand", erwiderte Anna.

Elly war Annas beste Freundin. Sie lebte seit einigen Jahren im Haus nebenan.

„Was sagen die Ärzte?", fragte Ilse flüsternd.

„Die Prognose ist nicht günstig", antwortete Anna. „Ich merkte nichts von meiner Erkrankung, ging viel zu spät zum Hausarzt. Erst als ich mich eine lange Zeit ungewöhnlich kraftlos fühlte und aussah wie ein Gespenst, machte ich mich auf den Weg zu Dr. Rapin. Der untersuchte mein Blut. Jetzt muss ich morgen zum ersten Mal zur Bluttransfusion."

„Soll ich dich bringen, Mama?", erkundigte Ilse sich zitternd.

„Elly bringt mich. Du brauchst dir nicht frei zu nehmen", entgegnete Anna.

„Wie fühlst du dich, Mama?" fragte Ilse vorsichtig. Das Brot hatte sie einfach auf die Fernsehzeitung gelegt. Der Appetit war ihr vergangen.

„Körperlich?", sagte Anna in fragendem Tonfall. „Wie gesagt, außer dass ich blasser bin als früher und etwas schlapper, geht es mir gut."

Ilse hörte, dass ihre Mutter etwas trank. Sie wartete schweigend.

„Ich habe furchtbare Angst", sagte die Zeit ihres Lebens so starke Frau. „Die Leukämie wird meine roten Blutkörperchen mehr und mehr verdrängen. Ohne regelmäßige Transfusionen und Bestrahlungen bleiben mir nur wenige Wochen, da der Prozess sehr schnell voranschreitet."

„Und mit Therapie?", fragte Ilse hoffnungsvoll.

„Maximal drei Jahre. Und das auch nur, wenn ich viel Glück habe", schluchzte Anna. Auf einmal brach der Bann. Alle nicht geweinten Tränen ihres Lebens flossen nun. Sie weinte um Otto, weinte aus Angst vor den Bomben, weinte um ihre Eltern, weinte um Gitta und weinte aus Furcht vor dem Tod. Ilse traute sich nicht, etwas zu sagen. Schweigend hörte sie ihrer Mutter beim Weinen zu.

Am Abend saßen Ilse, Hartmut, Erich, Gerda, Wilhelm, Gerhard und seine Frau um Ilses Küchentisch. Keiner rührte die bereitgestellten Schnittchen mit Mett und Käse an. Erichs Augen waren rot und geschwollen.

„Jetzt weißt du Bescheid, Rolf", sprach Ilse in den Telefonhörer. „Ja, ist gut. Das werde ich machen. Bis dann."

Sie beendete das Telefonat mit dem in Düsseldorf lebenden Bruder.

„Ich soll euch alle grüßen und ausrichten, dass er unendlich traurig ist", berichtete Ilse.

Sorgenvoll betrachtete sie ihren Sohn. Erich liebte seine Großmutter mehr als jedes andere ihrer Enkelkinder. Sie hatte ihn zu großen Teilen mitaufgezogen. Gerda sah ebenfalls mitgenommen aus. Hartmut war aufgestanden, um Wein und Gläser zu holen. Jetzt schenkte er der Familie ein.

„Hier, das könnt ihr gebrauchen", sagte er ruhig.

„Es ist gut, dass ihre Freundin sie zu den Bluttransfusionen und den Bestrahlungen begleiten wird", bemerkte Gerhard. Wie fast alle in der Familie war er mit den Jahren füllig geworden. Rolf bildete die einzige Ausnahme.

„Sonst hättet ihr euch abwechselnd frei nehmen müssen", erwiderte Hartmut.

„Und du?", fragte Ilse spitz. Sie wusste sehr wohl, dass Hartmut Krankenhäuser scheute wie der Teufel das Weihwasser. Ihr Mann äußerte sich dazu nicht, und das erwartete auch niemand.

„Wird Oma sterben?", erkundigte sich die fast siebzehnjährige Gerda. Sie stand kurz vor ihrem Realschulabschluss. Für sie waren die auf sie zukommenden Prüfungen großer Stress. Außerdem war sie sich noch nicht darüber im Klaren, welche Ausbildung sie machen sollte.

„Jeder muss sterben", antwortete Ilse. „Wir wollen alle hoffen, dass sie noch einige Jahre bei uns bleiben wird."

„Und dass Mama nicht leiden wird", ergänzte Gerhard ernst.

„Sie ist erst siebenundsechzig", warf Gerhards Frau, Karin, ein.

„Und die Ärzte sagen wirklich, dass sie höchstens noch drei Jahre zu leben hat?", wollte Erich wissen, dem schon wieder die Tränen über das Gesicht liefen.

„Ja, Erich", antwortete Ilse ehrlich. „Leider."

Eine Weile schwiegen sie.

„Noch ist sie nicht tot", sagte Wilhelm. Er schenkte sich Wein nach.

„Genau", stimmte Gerhard zu. „Wir dürfen jetzt nicht verzweifeln. Helfen wir ihr in dieser schweren Zeit, wie sie uns immer geholfen hat. Lasst uns essen und trinken." Er hob sein Glas. „Auf die beste Mutter und Großmutter dieser Welt."

Bergerland, Oktober 2016

Ilse lacht. Die Diakonisse bietet einen lustigen Anblick, wie sie im Regen steht, einen Schirm in der einen und ein Gesangbuch in der anderen Hand haltend. Die anderen Mitglieder des Chores stehen eng nebeneinander unter dem kleinen Vordach der Holzhütte. Sie warten auf das Zeichen der Chorleiterin. Ilse pflegt dieses Ritual, vor dem Essen zunächst ein frohes Lied anzustimmen. Davon hält sie auch der unerwartete Regenguss nicht ab. Schwester Hanni hebt den Zeigefinger, und alle konzentrieren sich. Schließlich senkt sie den Finger, und der Gesang beginnt:

> *„Er ist die rechte Freudensonn,*
> *bringt mit sich lauter Freud und Wonn.*
> *Gelobet sei mein Gott!*

Dein Heilger Geist mich führ und leit
Den Weg zur ewgen Seligkeit.
Gelobet sei mein Gott!"

„Das Buffet ist eröffnet", ruft Ilse strahlend.

Das lassen sich die acht Frauen und die drei Männer nicht zweimal sagen. Gut gelaunt drängen sie durch die Eingangstür.

„Ilse, wer soll das alles essen?", ruft Nadine. Sie ist fünfundzwanzig, gertenschlank und erst seit Kurzem ein Mitglied des Kirchenchores. „Das ist also dein legendäres Hüttenbuffet."

„Was übrig bleibt, wird mitgenommen", antwortet Ilse schmunzelnd.

Sie weiß genau, es wird nicht viel übrig bleiben. Hans und Joachim, die beiden eineiigen Zwillingsbrüder, verdrücken enorm viel. `Die zwei werden immer dicker´, denkt Ilse. `Aber ich darf nichts sagen. Ich verliere meine Pfunde auch nicht. Die Kilos habe ich mir bei der Arbeit angefuttert.´

Angeregtes Plaudern und genussvolles Kauen erfüllen die Hütte. Das Gästebuch, in dem Ilse all ihre Feiern dokumentiert, und in das sich jeder Anwesende eintragen wird, liegt zwischen den Köstlichkeiten auf dem Tisch.

Die Feier verläuft wie immer fröhlich. Außer Schwester Hanni greifen alle bei Wein und Bier kräftig zu. Hanni wird die anderen mit ihrem VW Bus zurück nach Elberfeld fahren. Sie trinkt nie Alkohol und stellt sich deswegen meistens als Fahrerin zur Verfügung. Ilse fühlt sich leicht und beschwingt. Der perlende Sekt zeigt seine Wirkung trotz der guten Essensgrundlage. `Jetzt´, überlegt sie. `Der Zeitpunkt ist gekommen. Ich muss es aussprechen.´

„Ihr Lieben", sagt sie laut, mit der Faust auf den Tisch klopfend.

„Was kommt denn jetzt?", erkundigt sich Erwin grinsend. Der junge Mann ist Nadines Freund. „Möchtest du eine Rede halten, Ilse?"

Diese schüttelt den Kopf. Ernst blickt sie in die Runde.

„Das hier ist meine letzte Hüttenfeier", verkündet sie sachlich.

„Wie?", fragt Hans erstaunt.

„Bist du etwa krank?", möchte sein Bruder besorgt wissen.

Hans und Joachim sind beinahe so lange im Kirchenchor an der Friedhofskirche wie Ilse und Schwester Hanni.

„Nein, zum Glück nicht", beruhigt Ilse. „Also, zumindest nichts Neues. Dass ich unter Asthma und Arthrose leide, wisst ihr ja. Aber ich schaffe die Arbeit hier nicht mehr. Fünfunddreißig Jahre sind genug. Mit Karl sprach ich bereits. Alles hat ein Ende. Ich werde endlich aus der Reitbahnstraße wegziehen. Dort war ich nie richtig glücklich. Ich habe eine Wohnung am Stadtrand gefunden. Von dort aus kann ich zu Fuß in mein Schwimmbad gehen. Mein Entschluss ist endgültig. Ich werde meinen achtzigsten Geburtstag in der neuen Wohnung feiern. Ab September wird mir die Hütte hier nicht mehr gehören."

Ilse holt tief Luft. `Geschafft´, denkt sie erleichtert.

Abschied, April – September 1981

Ilse war auf dem Heimweg. Ihr Anerkennungsjahr absolvierte sie im Lutherstift. So gut sie sich auch mit Schwester Hanni verstand, sie wollte Erfahrungen in anderen Wuppertaler Einrichtungen machen. Zudem war die Seniorenresidenz in der Schusterstraße von der Reitbahnstraße gut zu Fuß erreichbar. Tatsächlich gefiel es Ilse dort besser als im Bethesda Altenheim. Sie spielte mit dem Gedanken, sich dort für eine Festeinstellung zu bewerben. Ilse ging vorbei an dem Haus, in dem Kater Mikesch in der Familienwohnung auf sie wartete. Sie wollte nach ihrer Mutter sehen. Die letzten Wochen waren wieder furchtbar gewesen. Nur Elly war es zu verdanken, dass Anna in ihrer Wohnung bleiben konnte. Ilse und die Brüder waren berufstätig. Eine Rundumversorgung der schwer kranken Frau hätten sie nicht gewährleisten können. Doch Elly kümmerte sich rührend um ihre Freundin. Die quirlige, kleine Frau verbrachte fast den ganzen Tag bei Anna. Die Zeiten kurz vor den Bluttransfusionen waren die schlimmsten. Anna fehlte jegliche Kraft. Es gab Tage, da vermochte sie vor Schwäche nicht selbstständig zu essen. Die früher so dicke Frau war abgemagert und sämtliche Farbe aus ihren Wangen gewichen. Als Nebenwirkung der Bestrahlungen hatte sie ihre Haare verloren. Heute hatte sie eine weitere Transfusion erhalten. Meist fühlte sie sich danach für ein, zwei Wochen etwas besser. So war es auch an diesem frühen Dienstagnachmittag im April 1981. Trotzdem traute Ilse ihren Augen nicht, als sie die Tür aufschloss und Annas Wohnung betrat.

„Was machst du denn da?", fragte sie fassungslos.

„Wonach sieht es denn aus?", fragte Anna zurück. „Heute ist ein sonniger Tag. Das muss ich ausnutzen."

Die todkranke Frau wollte das Wohnzimmerfenster putzen. Sie stand vor der Leiter und wrang das Fensterleder aus.

„Wo ist Elly?", wollte Ilse aufgeregt wissen.

„Mir geht es gut nach der Transfusion", erklärte Anna.

„Sie ist zu ihrer Tochter gefahren. Muss auch einmal sein."

„Komm, Mama, ich mache das mit dem Fenster", befahl Ilse. Sie fasste ihre Mutter an der Hand und führte sie zum Sofa. „Setz dich. Ich mache uns einen Kaffee. Während er durchläuft, wisch ich schnell. Du nimmst den Putzlappen noch mit in dein Grab."

Wenig später saßen sie gemeinsam auf dem roten Ledersofa, das Ilse und Hartmut der Mutter vor vier Jahren zu Weihnachten geschenkt hatten.

„Im November wirst du schon vierundvierzig, mein Schatz", sagte Anna. Sie schüttelte den mit einem Kopftuch bedeckten Kopf. „Ist es nicht schlimm, dass die Zeit so schnell vergeht?"

Ilse nickte stumm und nahm einen Schluck aus der Kaffeetasse.

„Anderthalb Jahre, wenn ich Glück habe", fuhr sie fort. Ilse wusste sofort, was sie damit meinte.

„Es können auch noch mehr Jahre werden", erwiderte Ilse. Doch sie glaubte nicht daran. Tage wie dieser, an dem die Mutter auf den Beinen war und am Leben teilnahm, waren viel zu selten. Sie blieb zwei Stunden. Gerda würde erst nach sechs Uhr am Abend heimkehren. Sie machte eine Ausbildung zur Bankkauffrau bei der Sparkasse. Dort sollte sie später übernommen werden. Ilse freute sich für ihre Tochter.

„Seid ihr schon da?", fragte Mira überrascht, als sie die Tür ihres Hauses in Hagen öffnete. Erich und sie hatten das Haus vor wenigen Wochen erworben. Der junge Mann arbeitete an einem Gymnasium in Hagen als Musik- und Mathematiklehrer.

„Siehst du wieder entzückend aus", sagte Ilse begeistert, anstatt der Schwiegertochter ihre Frage zu beantworten. Mira trug ihre roten Locken heute hochgesteckt. Ihre hohen Wangenknochen hatte sie dezent mit Rouge betont. Die niedlichen Sommersprossen wurden davon nicht bedeckt. Ilse erinnerte die junge Frau an ihre Jugendfreundin Liesel.

„Ich bin noch gar nicht mit allen Vorbereitungen fertig", bemerkte Mira, während sie zunächst Ilse und anschließend Anna in den Arm nahm. Anna fühlte sich im Gegensatz zu ihrer Schwiegermutter erschreckend zerbrechlich an.

„Schön, dass du es geschafft hast, mitzukommen", sagte Mira liebevoll. „Komm, ich bringe dich in den Garten."

Sie führte ihre Gäste einmal durch das Erdgeschoss und schließlich zum Garten hinaus. Der weitläufige Außenbereich war gesäumt von einem Naturzaun aus Lebensbäumen. In der Mitte der Rasenfläche stand ein großer, schwarzer Tisch mit einem aufgespannten Sonnenschirm. Der Tisch hatte dafür extra ein kleines Loch in der Mitte. An den Sträuchern und Bäumen hingen Girlanden und Lampen. Das Fest sollte bis in die späten Abendstunden dauern. Zusammen mit Erichs sechsundzwanzigsten Geburtstag wollten die zwei jungen Leute ihre Hauseinweihung feiern. Mira wies Anna einen Schattenplatz zu, hastete ins Haus zurück und besorgte Mineralwasser und frisch gepresste Säfte. Damit kam sie augenblicklich wieder raus und erklärte: „Erich wird gleich hier sein. Er ist mit dem Wagen unterwegs, um das bestellte Grillfleisch beim Metzger abzuholen."

Es war kurz vor halb drei am Nachmittag. Die Feier sollte laut Einladung um sechzehn Uhr beginnen.

„Ich muss nochmal zum Auto", bemerkte Ilse. „Ich wollte erst meine Mutter hineinbegleiten."

„Ich bring dich zu Tür", erwiderte Mira schwungvoll. Sie war das sprühende Leben in Person. „Tut mir Leid, Anna, ich habe noch viel Arbeit, du wirst eine Weile allein sitzen müssen. Ilse werde ich nicht davon abhalten können, mir zu helfen."

„Alles ist gut, mach dir keine Gedanken. Ich bin überglücklich, hier sein zu dürfen. Nach der vorgestrigen Bluttransfusion geht es mir heute so einigermaßen", antwortete Anna lächelnd. Sie trug ein rotes Kopftuch, das zu ihrer schmalen Rüschenbluse in derselben Farbe passte.

Mira begleitete ihre Schwiegermutter zu ihrem VW Käfer. Es war nicht mehr der, den Anna ihrer Tochter gekauft hatte. Der Gebrauchtwagen hatte die Frauen zu oft im Stich gelassen. Ilse hatte sich etwas vom Ausbildungsgeld zusammen gespart, und Rolf hatte ihr den Rest dazu gegeben.

„Ist Hartmut bei Gerda geblieben?", wollte Mira neugierig wissen. Sie wusste, dass ihre Schwägerin an den Masern erkrankt war. Die Situation war nicht bedrohlich, doch der Besuch des Festes unmöglich. Ilse nickte zustimmend. Sie öffnete den Kofferraum und entnahm ihm ein großes Blech mit Butterkuchen und eine große Salatschüssel.

„Schichtsalat", rief Mira begeistert. „Gib her, ich nehme ihn dir ab."

„Musst du auch", sagte Ilse augenzwinkernd. „Ich habe natürlich ein Geburtstagsgeschenk."

Sie öffnete die Fahrertür, schob den Sitz nach vorne und griff nach dem Paket.

„Ist das groß", rief die Schwiegertochter aus.

„Ich bin gespannt, wie ihr zwei das Geschenk finden werdet", sagte Ilse geheimnisvoll. Sie gingen ins Haus zurück und machten sich an die Vorbereitungen.

Wenig später erschien Erich. Seine langen Haare waren zu einem Zopf gebunden, er steckte in Jeansshorts und einem kurzärmligen Sommerhemd. Er begrüßte seine Mutter mit einer Umarmung und schenkte seiner Frau einen Kuss. Dazu musste er sich runter beugen. Mira war wesentlich kleiner als er.

„Deine Großmutter sitzt im Garten", informierte ihn Mira.

Erichs Augen strahlten, und ein Lächeln erhellte sein Gesicht.

„Wie schön", sagte er erfreut. „Hat sie es geschafft."

Augenblicklich verließ er die zwei Frauen, um Anna zu begrüßen.

Anna hatte die Augen geschlossen. Sie genoss die Wärme der Julisonne auf ihrer Haut. Trotz der Bluttransfusion fühlte sie sich äußerst schwach. Sie hatte nur vorgegeben, dass es ihr gutgehen würde. Sie war nur ihrem geliebten Enkel zuliebe hier.

„Oma", riss dieser sie aus ihren Gedanken. „Oma, ich freue mich, dich zu sehen."

Erich schloss die alte Frau in seine Arme und erschrak. Sie hatte fast nichts mehr auf den Rippen.

„Bis du sicher, dass du die Feier heute schaffst?", fragte er mit gerunzelter Stirn.

Anna seufzte. „Ach, Erich", begann sie. „Lasst mich eine Weile hier in der Sonne sitzen. Ich möchte sehen, wie du unser Geschenk auspackst. Nach dem Kaffee wird deine Mutter mich heimbringen und anschließend wieder kommen. Die Fahrt dauert nur eine knappe halbe Stunde über die Autobahn."

„Onkel Gerhard kommt nicht", berichtete Erich. „Er ist mit Tante Karin und den Kindern in Spanien." Er warf einen Blick auf seine Armbanduhr. „In einer halben Stunde kommen die Gäste. Ich werde sehen, wobei ich Mira und Mama helfen kann."

„Mach das, mein Schatz", erwiderte Anna.

Um halb fünf waren fast alle Gäste da. Lediglich Wilhelm würde mit seiner Familie erst am Abend erscheinen. Anna freute sich, ihren mit seiner Frau in Düsseldorf lebenden jüngsten Sohn Rolf wiederzusehen. Sabine und er waren kinderlos. Außer den Familienmitgliedern waren zahlreiche, ehemalige Kommilitonen geladen. Zudem waren Kollegen von Erich und viele Freunde und Bekannte des Paares anwesend. Mira schnitt die Geburtstagstorte an. Die Besucher verteilten sich im Garten, aßen stehend von ihren Tellern oder nahmen auf einem der verteilten Gartenstühle Platz. Keine Wolke trübte den blauen Himmel. Die Frauen trugen Sommerkleider und Sandalen, die Männer kurze Hosen und Shirts.

„Jetzt gibt es Sekt und Orangensaft", kündigte Mira eine Stunde später fröhlich an.

Ilse und Anna entschieden, beim frisch gepressten Saft zu bleiben.

„Dafür musste sie viele Orangen pressen", flüsterte Ilse ihrer Mutter zu.

Sie war beeindruckt vom Organisationstalent ihrer Schwiegertochter.

„Auf Erich und auf unser schönes Eigenheim", rief diese jetzt.

Alle erhoben ihre Gläser und stießen miteinander an.

„Jetzt werden die Geschenke verteilt", sagte Ilse mit sehr lauter Stimme. Mit großer Sorge hatte sie beobachtet, dass Anna mehr und mehr auf ihrem Stuhl zusammen sackte. `Ich werde sie bald nach Wuppertal fahren müssen´, dachte sie.

Ilse ging zu dem Gabentisch neben den Kübeln mit gekühltem Sekt und Saft. Mira und Erich standen bereits dort und strahlten mit der Sonne um die Wette. Ilse wollte bis zum Ende der Geschenkübergabe warten. Ungeduldig sah sie den Gästen beim Verteilen der Geschenke zu. Es schien ihr eine Ewigkeit zu vergehen, bis endlich alles ausgepackt war.

„So, ihr Lieben", sagte sie schließlich aufgeregt. „Jetzt packt unser Geschenk für euch aus."

Die beiden jungen Leute ließen sich nicht lange bitten. Erwartungsvoll betrachte Ilse die beiden.

„Das darf nicht wahr sein", rief Erich lachend aus.

„Was soll das denn sein?", fragte Mira wenig begeistert.

„Das ist mein alter Teddybär", erklärte Erich grinsend.

„Er begleitete mich damals in der Quarantäne und überhaupt meine Kindheit lang."

Liebevoll strich er dem Teddy über den Kopf.

„Sieh ihn dir genau an", forderte Ilse ihn auf.

Jetzt entdeckte Erich die Kette und die Armbänder um Hals und Handgelenke des Kuscheltieres. Zuerst schaute er in den winzigen Briefumschlag, der als Kettenanhänger fungierte.

„Wahnsinn", sagte er überrascht. „Ihr seid verrückt."

Er reichte den kleinen Zettel Mira, die ihn neugierig studierte. Sie fiel Ilse um den Hals und flüsterte ihr ins Ohr: „Das ist viel zu teuer. Das können wir nicht annehmen."

„Ihr braucht mal Urlaub", antwortete Ilse leise. „Und euer Geld benötigt ihr für das Haus."

„Meine Eltern und meine Großmutter haben uns eine einwöchige Urlaubsreise nach Venedig geschenkt", verkündete Erich den wissbegierigen Gästen.

„Der Bär hat auch noch zwei Armbänder", sagte Ilse lächelnd.

Diesmal griffen Mira und Erich gleichzeitig zu.

„Eine Einladung zum Essen bei meiner Schwiegermutter", berichtete Mira. „Himmel und Erde. Das Gericht bereitet sie immer köstlich zu."

„Und noch eine Einladung zur Bergischen Kaffeetafel", freute sich Erich.

„Darauf stoßen wir an", sagte Mira mit roten Wangen. Der Sektgenuss zeigte bei ihr Wirkung. Sie war froh, dass für das Abendessen alles vorbereitet war, und die Männer das Grillen übernehmen würden.

„Ich werde mit meiner Mutter nach Wuppertal fahren", erklärte Ilse den beiden. „Seid mir nicht böse, aber ich werde auch dort bleiben. Ich möchte in ihrer Nähe sein, falls etwas ist. Feiert ihr mit den jungen Leuten weiter."

„Kein Problem, Mama", antwortete Erich verständnisvoll. „Pass mir gut auf Oma auf."

„Mach ich", sagte Ilse nickend. „Grüß Willy von mir."

Kurz darauf verließen Anna und Ilse das Fest.

„Station 2a, Zimmer 217", gab die Frau an der Information des Bethesda Krankenhauses Auskunft.

„Danke", erwiderte Ilse traurig.

Gestern am späten Abend hatte Elly den Notarzt und den Krankentransport gerufen. Sie war die letzten zwei Nächte bei ihrer Freundin geblieben, deren Zustand sich in den drei Tagen nach Erichs Geburtstagsfeier dramatisch verschlechtert hatte. Anna hatte nicht ins Krankenhaus gewollt, doch sie hatte kaum mehr Luft bekommen. Elly hatte sie nicht ersticken lassen können. Heute Morgen um fünf Uhr hatte sie Ilse telefonisch Bescheid gegeben. Diese hatte sofort ihren Frühdienst abgesagt und ihre Brüder und Kinder informiert. Jetzt eilte Ilse durchs Treppenhaus und zum Krankenzimmer, in dem ihre Mutter war. Sie lag im einzigen Bett des Zimmers und war an ein Sauerstoffgerät und einen Überwachungsmonitor angeschlossen. Zum Sterben hatte man sie in ein Einzelzimmer gelegt. Willy und Rolf standen schon am Bett und hielten der Mutter die Hände.

„Gerhard weiß Bescheid, Ilse", sagte Rolf statt einer Begrüßung. „Er ist schon am Flughafen und wartet auf das Flugzeug. Wenn alles glatt läuft, wird er in etwa fünf Stunden hier sein."

Sie hatten Glück gehabt, und der spanische Rezeptionist des Urlaubshotels hatte Gerhard und seine Familie auf dem Zimmer angetroffen. Sie hatten sich nach dem Frühstück frisch gemacht und wollten gerade zu einem Ausflug aufbrechen.

„Gerhard kommt allein", erzählte Rolf weiter.

„Das ist richtig so", sagte Ilse. „Die Kinder brauchen nicht hier zu sein. Hallo, Mama. Ich bin es, Ilse."

Sanft strich sie mit den Fingern über die kalte, glänzende Stirn. Kaum merklich nickte Anna. Zum Sprechen schien ihr die Kraft zu fehlen. Die Zeit verging schleichend, während sie warteten. Endlich klopfte es an die Tür, und Gerhard trat ein. Annas Mundwinkel zuckten, und sie stieß einen leisen Seufzer aus.

„Mama", sagte Gerhard und küsste sie auf die Stirn.

Wenige Minuten schwiegen sie. Annas Blicke wanderten von Gerhard zu Rolf und weiter zu Wilhelm und Ilse. Plötzlich öffneten sich ihre Lippen.

„Ich möchte", flüsterte sie, „ich möchte, dass ihr ein Leben lang zusammen haltet."

Sie holte tief Luft, schloss die Augen und atmete zum letzten Mal aus.

Hartmut und Ilse verließen die Pension in der Seestraße der Ortschaft Rottach. Sie bewohnten dort für drei Wochen ein geräumiges Zimmer im Haus der Volkners. Mit der Familie teilten sie Küche, Bad, Terrasse und Garten. Frau Volkner hatte ihnen zum Frühstück Eier mit Speck, Semmeln, Topfen, selbstgemachten Quittengelee, Wurstaufschnitt und Käse gereicht. Gestärkt wanderten Hartmut und Ilse los. Ihr Ziel war der Tegernsee.

Ilse war in ihrem geliebten Bayern. Nach dem Tod ihrer Mutter hatte sie aus der Stadt raus gemusst. Bisher war das Wetter durchwachsen gewesen, doch heute zeigte sich die Landschaft von seiner schönsten Seite. Die Septembersonne verwöhnte sie mit ihren Strahlen.

„Ich bin gespannt, ob Karl Oberst-Förster uns geantwortet haben wird, wenn wir wieder in Wuppertal sein werden", sagte Ilse nachdenklich.

„Wegen des Ferienhäuschens im Felderbachtal am Bergerweg?", fragte Hartmut nach.

Er trug einen Hut mit Feder und hielt einen Wanderstock in der Hand. Unter seiner kurzen Lederlatzhose lugte ein weißes Hemd hervor. Ilse hatte ein luftiges Sommerkleid zu ihren Wandersandalen gewählt.

„Natürlich", antwortete Ilse. „Schade, dass ich die Anzeige in der WZ erst am Abreisetag las. Wir werden nicht die einzigen Interessenten sein. Und nach drei Wochen wird das Häuschen gewiss vermietet sein."

„Warten wir es ab. Immerhin informierten wir ihn, dass wir bis Ende August im Urlaub sind", sagte Hartmut. „Denk nicht so viel, sondern genieß die Umgebung."

Nach einer Stunde Fußmarsch erreichten sie den See. Sie setzten sich auf eine Bank und erfreuten sich an der Natur. Der blaue See hob sich ab von den grünen Hügeln und Bergen, die ihn umgaben. In der Ebene rund um den See standen zahlreiche, ein- oder zweistöckige Häuser. Die Straßen waren eher Wege, auf denen kaum Autos unterwegs waren. Dafür wurden Kühe durch die Ortschaft getrieben, und Touristen bestaunten die Auslagen der Kleinkunstläden.

„Was hat Frau Volkner uns Gutes eingepackt?", erkundigte Hartmut sich.

„Hast du schon wieder Hunger?", fragte Ilse schmunzelnd. „Das Frühstück ist gerade mal eine Stunde her."

Sie kramte in ihrem Rucksack und holte Frikadellen, Bananen, Milch und Gebäck hervor. Beim Anblick der Köstlichkeiten lief auch Ilse das Wasser im Mund zusammen, und sie konnte nicht widerstehen. Sie nahm sich eine Frikadelle und mehrere Stücke der ortstypischen `Braustüberl Hopfenschokolade´.

„Das landet direkt auf meinen Hüften. Wieder daheim werde ich mich nicht auf die Waage trauen", sagte sie kauend.

Nach einer halbstündigen Pause überquerten sie die Ebene und machten sich auf den Weg ins Dorf. Dort wollte sich Ilse in der `Trachtenalm´ ein Dirndl aussuchen, das sie sich nach Wuppertal schicken lassen wollte. Entspannt erreichten sie ihr Ziel. Die Anprobe in dem traditionellen Geschäft des Dorfes war ein schwieriges Unterfangen. Die Verkäuferin wies Ilse an, beim Zuschnüren tief einzuatmen und nach Beendigung fest auszuatmen.

„Schließlich müssen Sie darin gut Luft bekommen", erklärte sie Ilse.

„Hübsch siehst du aus, Ilse", kommentierte Hartmut.

Tatsächlich stand ihr die Tracht gut zu Gesicht. Ihr üppiges Dekolleté kam hervorragend zur Geltung, und der fließende Stoff kaschierte ihre Pfunde. Sie entschied sich für ein rotweißes Kleid. Eine Stunde verweilten sie in dem Geschäft. Ilse konnte nicht genug davon bekommen, sich die schönen Anziehsachen anzusehen.

Schließlich bekundete Hartmut, er habe Hunger. Deswegen kehrten sie in der `Seestube´ ein. Dort aßen sie täglich zu Mittag. Ilse wählte die deftige Schinkenplatte mit Laugenbrezel, Hartmut bestellte Sauerkraut, Klöße und Eisbein.

Neugierig öffnete Ilse den Briefkasten. Sie entnahm ihm etliche Briefe und den Abholschein für das Dirndl. Die WZ hatten sie vor dem Urlaub abbestellt.

„Nichts", sagte Ilse enttäuscht, während sie die Post durchging.

„Ilse, jetzt lass die Briefe", rief Hartmut genervt aus dem Badezimmer. „Pack erstmal die Koffer aus, und mach uns etwas zu essen. Ich habe Hunger. Schließlich bin ich die ganze Nacht durchgefahren."

„Ich hätte dich abgelöst, wenn du mich ans Steuer deines Schätzchens lassen würdest", antwortete Ilse. In aller Ruhe sortierte sie weiter die Briefe.

„Ich leg mich hin", sagte Hartmut nach einer Dusche. „Weck mich bitte zum Mittagessen."

Ohne von der Post aufzusehen, erwiderte Ilse: „Das werde ich machen."

Sie nahm sich die Zeit, die sie benötigte. Zunächst erfrischte sie sich und zog sich um. Anschließend ging sie zu Fuß durchs Luisenviertel zum Neumarkt. Sie waren an einem Dienstag aus Bayern zurückgekehrt, es war Markttag. Sie füllte ihren Weidenkorb mit frischem Obst, Salat, Zwiebeln, Frühkartoffeln und Fenchelknollen. Beim Fischfeinkostgeschäft an der Ecke besorgte sie zwei holländische Doppelmatjesfilets. Zufrieden machte sie sich auf den Heimweg.

Routiniert schälte sie die Kartoffeln und setzte sie auf. In einer Pfanne erhitzte sie Öl, um die Zwiebeln anzuschwitzen. Die Fenchelknollen fügte sie zum Garen hinzu, für den Salat machte sie ein Dressing aus Essig und Öl.

„Hartmut", rief sie in Richtung des Schlafzimmers. „Essen ist in wenigen Minuten fertig."

Sie deckte den Tisch, vermischte die heißen Zwiebeln und den Fenchel mit dem kalten Salat und legte je einen Doppelmatjes auf die Essteller. Als Hartmut ankam, standen auch die dampfenden Kartoffeln auf dem Tisch.

„Gute Idee", bemerkte Hartmut anerkennend. „Nach der deftigen Kost in Bayern Fisch und Salat. Schmeckt hervorragend."

Ilse lächelte erfreut. Sie wusste, dass sie gut kochen konnte. Überraschend klingelte das Telefon.

„Geh du dran", sagte Hartmut mit vollem Mund.

Ilse eilte zur Diele und hob den Hörer ab.

„Rose", meldete sie sich.

„Frau Rose, schön, dass Sie zurück aus dem Urlaub sind. Hier ist Oberst-Förster, Karl Oberst-Förster", stellte sich eine angenehme Männerstimme vor.

„Ach, Herr Oberst-Förster", rief Ilse aus. „Schön, dass Sie an uns gedacht haben. Ist das Ferienhäuschen noch zu vermieten?"

„Deswegen rufe ich Sie an", erklärte der Mann am anderen Ende der Leitung. „Wann möchten Sie vorbei kommen?"

„Am liebsten gleich heute", antwortete Ilse energiegeladen. „Ab Morgen müssen wir wieder arbeiten, dann könnten wir erst wieder am Wochenende ab zwei Uhr. Ich muss jedes zweite Wochenende arbeiten."

„Kommen Sie ruhig heute", stimmte Karl Oberst-Förster zu. „Finden Sie den Weg?"

„Ich denke doch", sagte Ilse. „Die Adresse stand in Ihrer Anzeige."

„Schön, bis später. Melden Sie sich nachher bei mir auf dem Hof. Auf Wiederhören, Frau Rose", verabschiedete der Bauer sich.

„Auf Wiederhören", sagte auch Ilse.

„Hartmut", rief sie in die Küche. „Hast du es mitbekommen? Das Ferienhäuschen im Felderbachtal ist noch frei. Nach dem Essen können wir es besichtigen."

„Von mir aus", antworte Hartmut wenig begeistert. Er hätte den Tag lieber gemütlich in der Wohnung verbracht. Die lange Fahrt steckte ihm in den Knochen. Er merkte, dass er nicht mehr der Jüngste war mit seinen mittlerweile siebenundfünfzig Jahren.

„Lass uns zurück fahren, Ilse", brummte Hartmut genervt. Der erste Tag im September war hochsommerlich heiß und schwül. Ihm stand der Schweiß auf der Stirn. Er griff in die Tasche seiner Bermuda Shorts und entnahm ihr ein Taschentuch.

„Quatsch, so schwer zu finden wird es nicht sein", sagte Ilse beharrlich.

„Wir laufen jetzt zwanzig Minuten die Wiesen rauf und runter und keine Spur vom Oberst-Förster", murrte ihr Mann weiter. Er war müde von der Heimreise aus Bayern und schlecht gelaunt. Tatsächlich sahen sie nirgendwo Namensschilder an den vereinzelten Höfen.

„Ich gehe zurück zum Auto", erklärte Hartmut. Den

Karmann hatte er etwas weiter entfernt an einem geschützten Platz unter einem Baum geparkt.

„Warte, Hartmut", bat Ilse, ihren Mann ans Handgelenk fassend. „An dem Hof dort hinten sehe ich jemanden draußen vor den Ställen stehen."

„Meinetwegen", stimmte Hartmut unwillig zu. „Aber wenn der uns nicht helfen kann, werden wir mit der Sucherei aufhören und uns die Tage in den Kleingärtnervereinen in der Nähe unserer Wohnung umsehen."

Das war ganz und gar nicht in Ilses Sinne. Sie wollte aufs Land und keine zugeteilte Parzelle bewirtschaften. Motiviert rannte sie los. Atemlos erreichte sie den Bauern, der zwei große Milchkannen in den Händen hielt.

„Entschuldigen Sie bitte", rief Ilse atemlos. „Wir suchen den Hof von Bauer Oberst-Förster. Können Sie uns den Weg weisen?"

„Da muss ich nicht viel weisen", antwortete der Bauer lachend. Er setzte die Gefäße ab und tippte lässig mit dem Finger gegen die Hutkrempe. „Oberst-Förster. Und Sie müssen Frau Rose sein und der da hinten ihr Mann."

Zu ihrer Verlegenheit errötete Ilse.

„Hier, ich hab den Schlüssel in der Tasche. Da, die steile Wiese müsst ihr runter. Schaut euch die Hütte an", sagte er freundlich. Er gab ihr den Schlüssel, nahm seine Kannen wieder an sich und ging in den Stall.

„Wer war das?", wollte Hartmut keuchend wissen.

„Das war er selbst. Das war Bauer Oberst-Förster. Komm", antwortete sie, ihren Mann unterhakend, „wir gehen zur Hütte."

„Und das soll ein Ferienhäuschen sein?", fragte Hartmut stirnrunzelnd. „Ich würde das eher einen alten Schuppen nennen. Das ist ein Bauwerk aus Wellblech, dafür möchte er Geld haben?"

„Nur das Dach ist aus Wellblech. Der Rest ist ein Bretterverschlag", antwortete Ilse. Doch auch sie war überrascht. Sie hatte sich ebenfalls etwas anderes vorgestellt. Vorsichtig trat sie ein. Weil die Fensterläden geschlossen waren, war es ziemlich düster. Entschlossen öffnete Ilse die Fenster.

„Wie schön", entfuhr es ihr. „Hartmut, was für ein Ausblick. Sieh dir diese Weite an und die Weiden, Wiesen und Bäume. Das ist mein Land. Es ist so paradiesisch wie in Rosenthal. Hier möchte ich bleiben."

„Und wie denkst du dir, hier an den Wochenenden zu übernachten?", fragte Hartmut. „In dieser Ruine etwa?"

„In einer Kleingartensiedlung darfst du offiziell gar nicht übernachten, mein Lieber", konterte Ilse.

„Vergiss es, Ilse", sagte Hartmut energisch. „Meine Zustimmung werde ich nicht geben."

Ilse ließ sich nicht beirren. So schnell sie konnte, verließ sie die Hütte und rannte die Wiese rauf. Sie stürmte in den Kuhstall und rief: „Das ist mein Land. Das ist meine Hütte. Ich nehme die Hütte."

„Macht euch was draus", erwiderte Karl, weiter die Kühe melkend. „Magst du eine Flasche Milch mitnehmen?"

„Gern", sagte Ilse begeistert. „Ich werde direkt davon kosten."

Karl gefiel ihr. Sie schätzte ihn auf Anfang bis Mitte fünfzig. Sie selbst stand kurz vor ihrem vierundvierzigsten Geburtstag.

„Ihr dürft alles dort unten machen", erklärte Karl. „Nur abreißen dürft ihr die Hütte nicht. Die Gegend ist ein Naturschutzgebiet. Hier darf keine grundlegende Veränderung vorgenommen werden."

„Ilse?", hörten sie Hartmut draußen rufen.

„Wir sind im Kuhstall", rief sie zurück, und ihr Mann trat ein.

„Freut mich, dass euch das Grundstück gefällt", sagte Karl statt einer Begrüßung. „Etwa fünfhundert Quadratmeter Rasenfläche. Deine Frau sagte mir gerade, dass ihr die Hütte nehmt. Das freut mich. Wir werden gewiss gut miteinander auskommen."

Hartmut schluckte. Doch er widersprach nicht. 'Nun gut', dachte er. 'Soll sie ihren Willen bekommen. Ich bin Architekt. Dann wird das hier eben mein neues Projekt.'

Bergerland, September 2016

Schwer seufzend dreht Ilse den Schlüssel im Schloss um. Die aufsteigenden Tränen verschleiern ihren Blick. Kein Bild hängt mehr an den massiven Holzwänden. Ilse entfernte sämtliche Zeichnungen ihres Mannes aus der Hütte. Einige gab sie den Kindern, die restlichen Bilder schmücken ihre neue Wohnung am Stadtrand von Wuppertal. Dieser Tag Ende September ist fast schon ein goldener Oktobertag. Die Nachmittagssonne verzaubert die Landschaft. 'Dieser Tag ist zu schön, um Abschied zu nehmen', denkt sie betrübt. 'Die Hütte muss ich aufgeben, doch das Land nicht. Ich werde Karl besuchen und auf dem Bergerhof Waffeln essen.' Langsam überquert sie die große Rasenfläche. Sie hinterlässt alles in einem sehr gepflegten Zustand. Erich war vor zwei

Tagen noch einmal hier und mähte ein letztes Mal den Rasen. Außerdem half er ihr beim Ausräumen der Hütte. Am Gartenzaun bleibt Ilse stehen. Bevor sie das Tor öffnen wird, möchte sie noch ein wenig verweilen und den Anblick der Hügel und Wälder genießen. Sie wartet, bis sie sicher ist, dass sie gleich nicht weinen wird. `Jetzt´, denkt sie entschlossen, und sie verlässt das Grundstück. Der Aufstieg zu Karls Hof fällt ihr schwer. Ihr fehlt die Luft, und sie muss mehrmals anhalten. Oben angelangt, erholt sie sich kurz. Schließlich klopft sie an Karls Tür.

„Ist offen, Ilse", hört sie den alten Freund rufen.

Karl ist Ende achtzig und zu alt, um den Hof allein zu führen. Sein Neffe ist in das Bauernhaus eingezogen, um den Onkel tatkräftig zu unterstützen. Er gab seine Arbeit in einer Gärtnerei dafür auf. Es wird nicht mehr lange dauern, bis Karl das Gut Erwin überschreiben wird. Doch er und seine Frau behalten das Wohnrecht bis zu ihrem Lebensende. Ilse geht durch das vertraute Gebäude. `Das Wohnzimmer ist leer. Sie werden in der Küche beim Kaffee sitzen´, überlegt sie. Die Küchentür steht weit auf, und Ilse tritt ein. Hilde, Karl und Erwin sitzen am rustikalen Holztisch, auf dem Bücher und Zeitungen verstreut sind. Hilde liest gern und viel, seit sie aufgrund ihrer Gicht nicht mehr handarbeiten kann. Doch das Backen lässt sie sich trotzdem nicht nehmen. Fast täglich kommt bei den Oberst-Försters Kuchen auf den Tisch.

„Nimm Platz, hier ist ein Gedeck für dich", fordert Hilde sie auf. Die rundliche Frau mit den grauen, kurzen Locken lächelt sie freundlich an. Vorbei sind die Zeiten, in denen sie eifersüchtig auf die Freundschaft zwischen Karl und Ilse war. Sie schneidet ein großes Stück des gedeckten Apfelkuchens ab und legt es Ilse auf den Teller. Weil sie weiß, dass diese ihren Kaffee mit viel Milch trinkt, gießt sie reichlich davon in die Tasse, bevor sie den Kaffee einschenkt.

„Hier ist der Schlüssel, Karl", sagt Ilse. Sie legt ihn vor sich auf den Tisch.

„Egon wird deine, ich meine die Hütte übernehmen", verkündet Karl ruhig. „Du bist dort und hier jederzeit willkommen."

Wieder spürt Ilse, wie ihre Augen feucht werden. Sie nimmt sich eins der Taschentücher, die auf dem Tisch liegen, und trocknet ihre Tränen.

„So ist die Hütte in guten Händen, und ihr seid alle zusammen", erwidert sie schließlich. Egon ist ein ehemaliger Arbeitskollege des Neffen. Die Männer scheinen das Interesse am Landleben wieder entdeckt zu haben.

Ilse sticht mit der Gabel ein Eckchen von ihrem Kuchenstück ab. Trotz ihres Abschiedsschmerzes kostet sie.

„Schmeckt traumhaft, Hilde", lobt sie. `So schlimm ist es nicht´, denkt sie kauend. `Meine Freunde werde ich nicht verlieren und das Land auch nicht."

„Wie gefällt es dir in der neuen Wohnung?", möchte Karl wissen.

Ilse schluckt ihren Bissen runter und antwortet: „Es ist wunderschön im Ludwig-Erhard-Weg. Ich wohne in der ersten Etage."

„Darfst du den Garten nutzen?", fragt Hilde.

„Nein, das möchte ich auch nicht", erwidert Ilse, einen Schluck Kaffee nehmend. „Dafür besitze ich einen herrlichen Balkon mit zwei Türen und einer großen Glasfront. Dort habe ich mir ein Blumenparadies geschaffen. Und mein Blick geht ins Grüne."

„Und wie sieht die Wohnung sonst aus?", fragt Karl interessiert.

„Die Küche und das Bad sind klein, aber das Schlafzimmer ist groß und hell", berichtet Ilse. „Von dort aus geht man an der Küche vorbei durch einen Flur zum Wohnzimmer, das so geschnitten ist, dass ich dort einen Essbereich habe einrichten können."

„Hört sich super an", wirft Erwin ein. Er ist ein drahtiger Mann. Die Arbeit in der Gärtnerei und jetzt die auf dem Hof haben ihn gestählt. Er verspeist sein zweites Stück Kuchen, doch den guten Appetit sieht man ihm nicht an.

„Egon wird seine Freude haben mit der Hütte", sagt Karl. „Könnt ihr euch noch erinnern, wie sie damals aussah?"

„Das `Ferienhäuschen´ war nicht viel mehr als ein Holzverschlag", erwidert Ilse schmunzelnd.

„Wahnsinn, was du und Hartmut daraus gemacht habt", sagt Karl. „Das machte deinem Mann Spaß."

„Ja, das ja", bemerkt Ilse nachdenklich. „Das beschäftigte ihn. Die ersten Jahre war es ihm nicht zu langweilig hier draußen. Das kam erst später."

Karl und Hilde nicken.

„So", fährt Ilse fort. „Ich werde jetzt nach Hause fahren."

Bergerland, März 1982 – August 1995

„Du warst fleißig, Ilse", lobte Hartmut. Im Winter hatten sie nicht mit der Umgestaltung der Hütte begonnen. Hartmut war gestern, am 24. März 1982, aus der Urologie des Klinikums in Barmen entlassen wurden. Seine Gallensteine hatten operativ entfernt werden müssen. Er war noch etwas blass um die Nase. Die starken Schmer-

zen der letzten acht Wochen hatten Hartmut zugesetzt.
Ohne Schmerzmittel hatte er es nicht aushalten können,
und an einen Besuch des Bergerlands war nicht zu denken gewesen. Ilse war allein zur Hütte gefahren, um erste
Arbeiten zu verrichten.

„Das sieht schon richtig nach Garten aus", rief Hartmut erstaunt aus. „Aber was sollen die vielen Kübel?
Hier ist doch ausreichend Erde zum Bepflanzen vorhanden?"

„Das dachte ich auch, aber das Rätsel, warum nichts
anging, habe ich, als du im Krankenhaus warst, endlich
gelöst", antwortete Ilse. „Es leben hier sehr viele Schnecken. Die fressen die jungen Pflanzen auf."

„Na prima", sagte Hartmut sarkastisch.

„Frisches Gemüse gibt es bei Karl und auf dem Bergerhof in Hülle und Fülle", erwiderte Ilse. „Und, sag mal
ehrlich, sieht das hier nicht zauberhaft aus?"

Widerwillig nickte ihr Mann. ˋIlse hat Rechtˊ, dachte
er. ˋEs schaut aus, als sei es so gewollt.ˊ

„Ich kümmere mich um die Hütte", erklärte er bestimmt. In der Hand hielt er ein Klemmbrett, an dem
ein Stift baumelte. „Begleite mich rein, Ilse."

Fachmännisch tastete Hartmut die Wände ab. Er
klopfte an ihnen, hielt sein Ohr dran und lauschte den
Vibrationen. Aus seinem Blaumann zog er den Zollstock
und maß die zwei winzigen Fenster ab.

„Die kommen als erstes weg", bestimmte er.

Er kratzte sich an der Stirn, überlegte kurz und kramte
einen schwarzen Lackstift aus der Hosentasche. Wieder
den Zollstock anlegend, zeichnete er mit dem Stift die
neuen Maße für die Fenster.

„Die alte Hütte werde ich komplett neu bauen, ohne sie abzureißen", erklärte er schwungvoll.

Ilse freute sich über die Tatkraft ihres Mannes. Sie hatte Zweifel gehegt, ob Hartmut die Hütte würde lieben lernen. Jetzt fühlte sie sich wesentlich optimistischer.

Hartmut notierte etwas auf dem Klemmbrett.

„Morgen werden wir im Bauhaus Landhausprofil-bretter kaufen oder bestellen", erklärte er. „Ich möchte die Wände von innen und außen damit verkleiden. Als ersten Schritt werde ich mit der Stichsäge die Fenster aus den Wänden schneiden. Dann werden wir weitersehen."

„Wieso machst du so viele, Ilse?", fragte Hartmut seine Frau, die draußen auf einem Waffeleisen Waffeln backte. Die Hütte besaß Strom und wurde von Karl damit versorgt. Weil Hartmut im Inneren der Hütte schwer beschäftigt war, hatte sich Ilse an diesem schönen Maitag zum Backen nach draußen begeben. Das Waffeleisen war an ein Verlängerungskabel angeschlossen.

„Elly, Margret und Rolf werden uns gleich zum Kaffee besuchen", erklärte Ilse.

„Hier auf der Baustelle?", fragte Hartmut vorwurfsvoll. „Kannst du mit deinen Einladungen nicht warten, bis zumindest die Wände und Fenster fertig sind?"

„Es ist so schönes Wetter, wir werden dich nicht stören, Hartmut", antwortete Ilse energisch. „Ich freue mich, unseren Freunden das schöne Grundstück zeigen zu können."

Wenig später, die Waffeln waren gerade fertig, sah Ilse ihre Gäste die steile Wiese runter kommen. Elly hatte sich bei Margret untergehakt. Aufgeregt ging Ilse ihnen bis zum Gartentor entgegen.

„Hallo, Ilse, wie schön ist es hier", rief Margret begeistert aus. Sie umarmte ihre Freundin herzlich.

„Ich bin sehr glücklich, Margret, das kannst du mir glauben. Schön, dass ihr hier seid", sagte sie strahlend.

„Deine Mutter wäre stolz auf dich gewesen", fügte Elly hinzu.

Der Kontakt mit Elly hatte sich nach Annas Tod intensiviert. Die Geschwister zeigten sich sehr dankbar der älteren Frau gegenüber.

„So weitläufig hätte ich mir das Grundstück nicht vorgestellt", staunte Rolf.

„Was für entzückende, große Blumenkübel", kommentierte Margret. „Eine großartige Idee."

„Wo ist Hartmut?", wollte Rolf wissen.

„Er bringt die Landhausprofilbretter im Inneren an", erklärte Ilse. „Schaut, draußen ist schon alles fertig."

„Sind das die neuen Fenster?", erkundigte Rolf sich neugierig. Er deutete mit dem Finger auf die zwei, an eine der Außenwände gelehnten Glasfenster.

„Die alten waren winzig", berichtete Ilse.

„Hartmut", rief Rolf ins Innere. „Komm mal raus, du hast Besuch."

„Augenblick, ich kann gerade nicht", rief dieser zurück.

„Setzt euch erstmal an den Tisch, er ist aus dem Baumarkt", sagte Ilse zu ihren Gästen.

Diese kamen der Aufforderung nur zu gerne nach. Die Waffeln dampften verlockend auf der blauweiß karierten Tischdecke im bayrischen Stil.

Eine knappe halbe Stunde später gesellte sich Hartmut zu ihnen. Auch ihn hatte die Aussicht auf das Backwerk aus der Hütte gelockt.

„Das ist hier was für dich, Hartmut, nicht wahr?", fragte Rolf den neben ihm sitzenden Freund. Er klopfte ihm kameradschaftlich auf die Schulter.

„Wir verbringen jedes Wochenende hier draußen", sagte Hartmut, nach einer Waffel greifend.

„Ilse fährt, wenn sie arbeiten muss, von hier aus zum Lutherstift."

„Gut, dass sie ihren Führerschein hat", ergänzte Margret schmunzelnd.

Hartmut äußerte sich dazu nicht. Als er seine Waffeln verspeist hatte, machte er sich wieder an die Arbeit.

Die Freunde verbrachten einen schönen Nachmittag auf dem Bergerland. Sie machten einen Ausflug zum Bergerhof, bestaunten die vielen Tiere dort und deckten sich in der hofeigenen Metzgerei mit Wurst und Fleisch ein.

„Mikesch, jetzt lernst du dein zukünftiges, zweites Zuhause kennen", flüsterte Ilse dem schwarzen Kater liebevoll ins Ohr. Am Abend zuvor hatte sie mit Hartmut über das Tier gesprochen. Etwas mehr als ein Jahr besaßen sie schon ihre Hütte, und der Kater war definitiv zu viel allein. „Jetzt halte mal still, Schätzchen", sagte sie beschwörend. Sie versuchte, dem Kater ein elastisches Halsband überzustreifen, doch er wich ihr geschickt aus. „Lecker, lecker", sagte sie, Mikesch mit etwas Trockenfutter anlockend. Der Kater bewegte sich in dem VW Käfer frei, weil Ilse keine Transportbox besaß. Das Futter zeigte die erwünschte Wirkung, und Ilse gelang es, Mikesch anzuleinen. Sie nahm ihn auf den Arm, stieg aus dem Wagen und setzte ihn auf dem Boden ab. Es war ein schöner Nachmittag im April 1983. Ilse hatte Frühdienst gehabt und nicht auf Hartmuts Feierabend warten wollen.

Den Kater an der Leine führend, ging sie an Karls Hof vorbei. Die Tür zum Kuhstall stand offen, und Ilse rief: „Karl, ich bin's Ilse. Komm doch mal kurz raus."

„Moment", hörte sie ihn zurückrufen.

Wenige Augenblicke später kam der Bauer raus.

„Was ist das denn?", sagte er verwundert. „Ist das deine? Ich wusste gar nicht, dass du eine Katze besitzt."

„Es ist keine Katze, sondern ein Kater. Er heißt Mikesch", erklärte sie.

Mikesch strich maunzend um ihre Beine. Dabei umwickelte er Ilse, die sich kichernd zu befreien versuchte. Karl eilte ihr zur Hilfe.

„Warum ist er an der Leine?", fragte er, nachdem er Ilse befreit hatte.

„Karl, das ist doch klar", antwortete sie. „Er soll sich an die ungewohnte Umgebung gewöhnen. Er ist ein Wohnungskater."

„Ich wünsche dir viel Erfolg", sagte Karl grinsend.

„Karl", hörten die zwei Hilde rufen. Sie schaute winkend aus dem Fenster. „Beeil dich, in einer Stunde ist der Kaffee fertig."

„Ich gehe jetzt runter", verabschiedete sich Ilse, Hilde im Vorbeigehen zuwinkend.

Mikesch war sehr aufgeregt. Ilse hatte ihre liebe Not damit, ihn zu bändigen. Sie fühlte sich auf einmal überfordert. An ihrer Hütte angekommen, band sie ihn als erstes an ein Tischbein im Außenbereich.

„Ich hol dir Wasser", sagte sie zu ihm und schloss die

neue Eingangstür auf. Sie sah sich um. Es hatte sich viel verändert. Hartmut hatte die Fensterläden mit Bauernmalerei verziert und Ilse kleine Schäfchen, Füchse und Blumen auf die selbstgezimmerten Regale gestellt. Ein schöner Tisch mit einer Bank, die zum Bett umfunktioniert werden konnte, füllte das Innere der kleinen Hütte fast aus. Dennoch hatte Hartmut es geschafft, ihr einen schönen Kochbereich mit Kühlschrank einzurichten. Ihm gegenüber standen sogar ein Radio und ein kleiner Fernseher. Hartmut nächstes Projekt war ein richtiger Schornstein. Das Holz und die Bruchsteine, die er dafür benötigte, waren ausreichend vorhanden. Ilse entnahm ihrem Rucksack Mikeschs Wassernapf, füllte ihn und verließ die Hütte.

„Um Himmels Willen", rief sie entsetzt aus. Die Leine und das Halsband, das wohl zu elastisch gewesen war, lagen ohne den Kater auf dem Boden. Verzweifelt rannte sie los. Sie suchte die große Rasenfläche ab, schaute in alle Ecken und Winkel, doch von Kater Mikesch fand sie keine Spur. Enttäuscht kehrte sie zur Hütte zurück. `Mikesch muss selbst klar kommen mit der Situation´, dachte sie ernst. `Ich vertraue auf Gott. Alles wird gut werden. Viele Autos fahren hier nicht. Er wird wiederkommen.´

„Nach all den Jahren braucht man mich nicht mehr", sagte Hartmut traurig. Der niederprasselnde Regen verstärkte seine Niedergeschlagenheit noch. „Die Hütte ist fertig. Was gibt es jetzt noch für mich zu tun?"
Ilse fehlten die Worte an diesem letzten Juliabend 1985. Mit dieser Nachricht hatte sie nicht gerechnet.

Der Kartoffelsalat und die Bockwürstchen standen unangetastet auf dem Tisch im Inneren der Hütte.

„Heute um halb zehn, ich wollte gerade Pause machen, rief mich Herr Becker zu sich", berichtete Hartmut leise. Herr Becker war der Inhaber des Architektenbüros, in dem Hartmut arbeitete. „Es sei nicht mehr wie noch vor wenigen Jahren, begann er zu reden. Er habe zu wenige Aufträge, er müsse mich in Frührente schicken, sagte er. Ilse, das war es. Ich werde in den sauren Apfel beißen müssen."

Immer noch sprachlos verteilte sie die Würstchen und den Kartoffelsalat auf den Tellern. Sie überlegte, wie sie ihren Mann aufmuntern konnte.

„Finanziell werden wir zurechtkommen, Hartmut", sagte sie schließlich.

„Deswegen mache ich mir keine Sorgen, doch was soll ich mit der vielen freien Zeit machen?", fragte er kopfschüttelnd. Er schnitt seine Bockwurst an.

„Du kannst wandern, mit Mikesch hier hin kommen", schlug sie vor. Mittlerweile hatten sie eine Transportbox für ihren vierbeinigen Freund. Zudem hatte der Kater sich an die vielen Autofahrten gewöhnt. Er ließ sich anstandslos in die Box heben.

„Was soll ich denn hier ganz alleine", entgegnete Hartmut. „Ich bin kein Landei wie du."

Im Stillen sorgte sich Ilse, dass der Tagesablauf ihres Mannes aus den Fugen geraten würde. Im Gegensatz zu ihr war er ein Nachtmensch, der an ihren Frühdienstwochenenden auch gerne bis zum Mittagessen im Bett blieb. ʽIch werde abwarten müssen, wie sich alles entwickeltʼ, überlegte sie.

„Heute brachte Mikesch seine Freundin mit zu uns“, berichtete sie zur Ablenkung. Tatsächlich hatte der Kater sich mit der rotweiß getigerten Katze des Milchbauern in ihrer Nachbarschaft angefreundet. Angst vor unerwünschtem Nachwuchs brauchten sie nicht zu haben, Mikesch war kastriert.

Hartmut nickte nur, während er in seinem Kartoffelsalat rumstocherte.

„Das ist rührend mit den zweien“, fuhr Ilse fort. „Holte er sie tatsächlich trotz des Regens ab. Ich musste lachen, als sie nacheinander durch die Katzenklappe ins Warme krabbelten.“

Doch es nützte nichts. Hartmut konnte sich kein Lächeln abringen. Ilse beschloss, aufzustehen und mit dem Abwasch zu beginnen.

Ilse trug Mikesch die steile Wiese hoch. Den Jahreswechsel hatte sie wegen des Katers in der Abgeschiedenheit verbracht. Das Jahr 1987 würde sein letztes werden, da war Ilse sich sicher. Vorsichtig stapfte sie durch den Neuschnee. `In der Stadt hatten sie gewiss nicht viel vom Feuerwerk. Begann es gestern Nacht doch noch zu schneien´, dachte sie. Mikesch hatte in den letzten zwei Jahren Angst vor der Silvester-Knallerei entwickelt. Dieses Mal hatte Ilse ihm den Stress wegen seiner schlechten Konstitution nicht zumuten wollen. Sie war mit ihm auf die Hütte geflüchtet. Den Abend hatte sie sehr besinnlich verbracht. In eine Wolldecke gekuschelt, hatte sie neben dem neuen Schwedenofen in den Losungen gelesen. Nebenbei lief im Fernsehen der Countdown bis vierundzwanzig Uhr.

„So, kleiner Mann", sagte sie, ihren roten Nissan Micra aufschließend. „Auf geht's zurück zur Reitbahnstraße." Sie genoss die Rückfahrt über das verschneite Land. Keine Scherben von geplatzten Flaschen und Reste von Raketen trübten den Ausblick. Doch je näher sie dem Westfalenweg kam, desto mehr Müll entdeckte sie auf den Straßen und Bürgersteigen. Obwohl sie damals sehr jung gewesen war, erinnerte sie der Dreck am Neujahrstag unwillkürlich an den Krieg und ihre Flucht aufs Land.

In der Reitbahnstraße angekommen, machte sie als erstes Licht und zog die Rollladen hoch. Wie erwartet, lag Hartmut noch im Bett. Der Ruhestand bekam ihm nicht, fand Ilse. Sein Tagesrhythmus entfernte sich immer mehr von ihrem. Wenn Sie morgens um halb fünf aufstand, um sich für die Arbeit fertig zu machen, ging er manchmal erst zu Bett. Das gemeinsame Abendessen war für ihren Mann eher ein Mittagessen. Auch an der Hütte verlor er das Interesse. Seit einigen Wochen hatte er aufgehört, dort an den Wochenenden zu übernachten. Er verweilte zwar tagsüber an Ilses Seite, doch nach dem Nachmittagskaffee zog es ihn zurück zur Reitbahnstraße. Ilse ließ sich nicht beirren. Standhaft verbrachte sie jede freie Minute auf dem Land. Die Natur war ihr Leben. Sie schmierte sich ein Leberwurstbrot und setzte sich an den Küchentisch. Morgen würde sie Vorräte für die Hütte besorgen. Genussvoll verspeiste sie ihr Brot. Es war Dinkelhonigbrot aus der Landhausbäckerei. Sie blickte auf die Uhr. `Halb elf´, dachte sie. `Ich werde Hartmut einfach wecken. Wir müssen über Mikesch sprechen.´ Plötzlich klingelte das Telefon. Sie eilte zur Diele und hob den Hörer ab.

„Rose", sagte sie.

„Frohes neues Jahr, Mama", sagte ein verschlafen klingender Erich.

„Frohes neues Jahr, mein Schatz", erwiderte sie lächelnd. „War eure Party schön?"

„Sehr schön", sagte Erich und gähnte. „Und lang war sie."

„Wann warst du ihm Bett?", erkundigte Ilse sich.

„Um fünf Uhr heute Morgen", antwortete er. „Du kennst ja Mira, sie musste unbedingt das Meiste noch in der Nacht aufräumen."

Ilse schmunzelte. Sie war von ihrer Schwiegertochter ziemlich angetan.

„Wie habt ihr den Jahreswechsel verbracht?", wollte Erich wissen.

„Papa sah fern, und Mikesch und ich waren auf der Hütte", berichtete Ilse.

Einen Augenblick blieb es still am anderen Ende der Leitung.

„Papa beschwert sich bei uns, dass du ihn immer allein lässt", sagte Erich schließlich.

„Wir entschieden uns gemeinsam für die Hütte", verteidigte sich Ilse. „Ich kann nichts dafür, dass er seit der Rente die Lust an allem verloren hat."

Erich schwieg.

„Du weißt, dass ich mich in der Stadt erdrückt fühle. Die Reitbahnstraße liegt mitten drin", fuhr Ilse fort. „Ohne mein Bergerland wäre ich todunglücklich."

„Das ist mir bewusst, Mama", erwiderte Erich. „Aber könnt ihr keinen Kompromiss finden?"

„Erich", sagte Ilse wütend. „Ich bot Hartmut an, sich mit mir nach einer Wohnung am Stadtrand umzusehen.

Dann wäre ich bereit, von der Hütte Abstand zu nehmen. Doch er lässt nicht mit sich reden. Weißt du, was er mir antwortete?"

„Sag es mir", meinte Erich.

„Er sagte: `Hier bekommst du mich nur tot raus.´ Das erklärt alles, nicht wahr?", stellte Ilse fest. „Ich werde mir mein Land nicht nehmen lassen. Mein Leben ist ein Garten."

„Schon gut, Mama", beschwichtigte Erich seine aufgebrachte Mutter. „Gib mir mal Papa. Ich möchte ihm frohes neues Jahr wünschen."

„Hartmut liegt noch im Bett", entgegnete Ilse. „Bleib einen Moment am Telefon. Ich werde ihn holen."

Ilse war verärgert. Während die beiden Männer miteinander telefonierten, schälte sie in der Küche Kartoffeln, um sich abzuregen. `Keiner versteht, dass ich die Natur brauche´, dachte sie. „Autsch", rief sie aus. Sie hatte sich mit dem Messer geschnitten. Hastig entnahm sie der Schublade des Küchenschranks ein Pflaster. Sie war gut auf kleinere Arbeitsunfälle im Haushalt vorbereitet. Während sie die Tiefe des Schnitts begutachtete, gesellte sich Hartmut zu ihr in die Küche.

„Hast du dich geschnitten?", fragte er direkt.

„Nichts Schlimmes, nur ein kleiner Kratzer", antwortete Ilse.

„Frohes neues Jahr, Ilse", sagte Hartmut, ihr einen Kuss auf den Mund gebend.

„Frohes neues Jahr, Hartmut", erwiderte sie.

„Mit Mikesch alles in Ordnung?", erkundigte sich

Hartmut. Er setzte Kaffeewasser auf. „Möchtest du auch eine Tasse?"

„Gerne", sagte Ilse nickend. „Über Mikesch müssen wir reden. Es geht ihm nicht gut. Er frisst nicht, und du musst dir unbedingt sein linkes Auge ansehen. Er kann es nicht vollständig öffnen."

„Mikesch", rief Hartmut. Er griff in die Schale mit Leckerchen, die griffbereit auf dem Tisch stand. Doch der Kater tauchte nicht auf.

„Er liegt auf meinem Bett", informierte Ilse ihren Mann.

„Ich werde nach ihm sehen. Was gibt es zu essen?", wollte Hartmut wissen.

„Pillekuchen mit Speck. Ich werde morgen erst einkaufen können", berichtete Ilse.

Hartmut blieb nicht lange in Ilses Schlafzimmer. Er hatte genug gesehen. Der Kater war schwer krank.

„Welche Schicht hast du morgen?", fragte er seine Frau.

„Spätschicht", antwortete Ilse. „Ich werde mit Mikesch zum Tierarzt fahren. Gerda hat Urlaub. Ich werde sie fragen, ob sie mich begleiten möchte."

„Wie geht es Thomas?", fragte Ilse ihre Tochter. Die junge Frau hatte den Chef ihrer Filiale der Sparkasse geheiratet.

„Alles bestens", erwiderte Gerda. Sie trug einen modischen Kurzhaarschnitt. Ilse fand, das stand der Tochter gut zu Gesicht. Sie steuerte ihren Nissan über die Briller Straße.

„Was wird Dr. Bauer zu Mikesch sagen?", fragte Gerda besorgt.

„Warten wir es ab", sagte Ilse.

„Ich war damals sehr glücklich, als Papa doch noch nachgegeben hatte", erinnerte sich Gerda.

„Deinen Geburtstagswunsch wollte ich dir um jeden Preis erfüllen", erklärte Ilse. „Der Wunschzettel war von oben bis unten mit `Kätzchen, Kätzchen, Kätzchen´ beschrieben. Obwohl du schon fast siebzehn warst, hattest du eine sehr kindliche Art. Hartmut sträubte sich mit ganzer Kraft", fuhr sie fort, den Wagen in die Katernberger Straße lenkend. „Bis vier Uhr nachts diskutierten wir. Ich legte mein ganzes Herz in diesen Kampf. Schließlich stimmte er dem Erwerb einer Katze zu."

„Ich weiß noch genau, was passierte, als wir zwei mit dem kleinen Mikesch in der Reitbahnstraße ankamen", ergänzte Gerda. „Papa wollte uns ärgern. Er band ein Stück Garn an einen Korken und lockte unseren Mikesch."

„Damit tat er sich keinen Gefallen", grinste Ilse. „Mikesch entschied, sich mit Hartmut anzufreunden."

„Die beiden wurden ein Herz und eine Seele", erinnerte sich Gerda weiter. „Ich konnte das Eis um Papas Herz schmelzen sehen."

„Ich fürchte, Hartmut wird noch lethargischer, falls Dr. Bauer für Mikesch keine Chance mehr sieht", erklärte Ilse besorgt.

„Aber mit zum Tierarzt kommt Papa nicht", bemerkte Gerda.

„Du weißt, dass er alles, was mit Ärzten zu tun hat, meidet wie der Teufel das Weihwasser", sagte Ilse sachlich.

Sie waren am Kopf des steilen Falkenbergs angekommen, und Ilse parkte den Nissan vor der Tierarztpraxis.

Die Arzthelferin an der Rezeption wünschte ihnen ein frohes neues Jahr und wies sie an, direkt ins Behandlungszimmer zu gehen.

„Guten Tag, Frau Rose, Guten Tag, Frau Herrmann", begrüßte Dr. Bauer die Frauen. Dr. Bauer hatte die Familie und Kater Mikesch die ganzen acht Jahre über begleitet.

Ilse übergab den Katzenkorb. Vorsichtig öffnete der Tierarzt das Gitter und hob Mikesch auf den Behandlungstisch.

„Er kann die Nickhaut am linken Auge nicht selbstständig öffnen", stellte er fest. „Ich werde ihn in eine Kurznarkose legen, weil ich ein Röntgenbild machen muss."

Ilse und ihre Tochter verließen das Behandlungszimmer. Niedergeschlagen setzten sie sich ins Wartezimmer.

„Ich habe kein gutes Gefühl", sagte Ilse leise. Gerda schwieg.

Sie mussten nicht lange warten. Eine halbe Stunde später rief die Tierarzthelferin sie auf.

„Und?", fragte Ilse Dr. Bauer.

„Frau Rose", begann er ernst. „Mir ist bewusst, wie sehr Sie an dem Tier hängen. Ich nenne Ihnen jetzt die zwei Alternativen. Mein Befund ist ein schnell wachsender Tumor hinter dem linken Auge. Wir können ihn operieren und bestrahlen, in der Hoffnung, dass der Krebs nicht gestreut hat. Diese Prozedur wird ihrem Kater alles abverlangen, und er wird auch Schmerzen haben. Die Aussicht auf eine vollständige Genesung liegt bei nur zwanzig Prozent. Die andere Möglichkeit ist, dass wir ihn jetzt erlösen, damit er nicht leiden muss."

Die zwei Frauen blickten sich stumm an. Mikesch lag benommen auf dem Behandlungstisch. Sein gesundes Auge blinzelte sie vertraulich an. Er machte Anstalten, sich aufzurichten und schien zu ihnen kommen zu wollen.

„Wir lassen ihn operieren, Mama, das machen wir doch?", flehte Gerda mit Tränen in den Augen. „Er ist doch nicht alt, es gibt Hoffnung für ihn."

Ilse holte tief Luft. Langsam näherte sie sich dem Kater. Vorsichtig nahm sie den kleinen Kopf in ihre breiten Hände.

„Mikesch", flüsterte sie. Sie beugte sich zu ihm runter und legte ihre Stirn an seine. „Ich werde dich nicht weiter leiden lassen, mein Freund. Das verdienst du nicht."

Entschlossen drehte sie sich zu Dr. Bauer um.

„Erlösen Sie ihn", sagte sie bestimmt.

„Mama", rief Gerda vorwurfsvoll. „Lass ihn uns wenigstens mitnehmen zum Abschied. Denk an Papa."

„Gerda", erwiderte Ilse fest. „Ich denke an Mikesch."

Dr. Bauer griff nach Ilses Händen.

„Das ist eine weise Entscheidung", sagte er nickend. „Möchten Sie dabei bleiben?"

Ilse nickte, doch Gerda entschied unter Tränen, den Raum verlassen zu wollen. In Ilses Händen schlief der Kater Mikesch wenig später friedlich ein. Sie war den letzten Schritt auf seinem Weg mitgegangen.

„Was Dr. Bauer sagt, interessiert mich nicht", schimpfte Hartmut. Aufgeregt lief er auf und ab. „Gerda und Erich führen ihre eigenen Haushalte. Es leben keine Kinder mehr bei uns, die sich ein Haustier erbetteln. Du hattest

Mikesch, das muss genügen. Bei mir kommt kein Tier mehr ins Haus."

Weinend saß Ilse am Küchentisch. Den Nissan hatte Gerda zurück zur Reitbahnstraße gesteuert. Ilse war zum Fahren außerstande gewesen.

„Mir fehlt Mikesch schrecklich", flüsterte Ilse unter Tränen.

„Ich bin ebenfalls traurig, das darfst du mir glauben", erwiderte Hartmut. „Einmal konntest du mich überreden, und wegen Gerda gab ich damals nach, doch jetzt werde ich hart bleiben. Bei der Hütte setztest du dich durch, den Führerschein machtest du, obwohl es nicht notwendig war. Jetzt ist Schluss. Hanne ist plötzlich verstorben. Obwohl wir uns überworfen hatten, war sie dennoch meine Zwillingsschwester. Ich werde auch sterben."

„Hartmut, du spinnst", rief Ilse aufgewühlt. „Davon hast du mir nichts erzählt."

Seit langer Zeit waren die Zwillinge zerstritten. Ilse wusste bis heute nicht, was der Grund für das Zerwürfnis gewesen war. Generell hatten sie sehr wenig Kontakt zu Hartmuts noch lebenden Geschwistern.

„Du weißt nicht, wie das bei Zwillingen ist. Geht der eine, geht der andere auch. Ich werde mein Geld als erstes in einen neuen Sportwagen investieren. Bestimmt werde ich nichts für ein Haustier verschwenden. Ich werde meine mir verbleibende Zeit in vollen Zügen genießen", sagte er, weiter wie ein Tiger im Käfig durch die Küche laufend.

„Du meinst das wirklich ernst. Ich begreife es nicht", entgegnete Ilse kopfschüttelnd. Langsam versiegten ihre

Tränen, und Wut gewann die Oberhand. „Was war eigentlich damals der Grund für euren Streit?"

„Was spielt das jetzt noch für eine Rolle?", fragte Hartmut unwirsch. „Tot ist tot; vorbei ist vorbei."

„Ich möchte es trotzdem wissen", entgegnete Ilse beharrlich. „Hatte es etwas mit dem Tod deines Vaters zu tun?"

„Indirekt", antwortete Hartmut knapp.

„Erzähl bloß nicht zu viel", meinte Ilse ironisch.

„Wenn es dich derart interessiert, also bitte", sagte Hartmut mit hochgezogenen Augenbrauen. „Vor fünf Jahren entdeckte eine meiner Halbschwestern väterlicherseits unter einem Brett in dem Zimmer, das sie für Vater reserviert hatte, wenn sie mit der Betreuung an der Reihe gewesen war, einen Zettel, auf dem eine Stelle hier in unserer Wohnung gekennzeichnet war."

„Wie bitte, was?", entfuhr es Ilse. „Wieso weiß ich davon nichts?"

„Beruhige dich wieder, Ilse", sagte Hartmut trocken. „Es war gar nicht viel Geld hier versteckt. Ein paar englische Pfund. Ich tauschte es bei der Landeszentralbank ein. Die paar Kröten stecken in meinem Karmann."

„Ich fasse es nicht", entgegnete Ilse entgeistert.

„Den anderen erzählte ich, nichts gefunden zu haben", fuhr Hartmut fort. „Ilse, 2500 DM durch alle Geschwister geteilt, damit wäre niemandem geholfen gewesen."

Ilse schüttelte sprachlos den Kopf.

„Hanne glaubte dir nicht?", sagte sie nach einer Weile in fragendem Tonfall.

„Du hast es erraten", antwortete Hartmut. „Sie schrie mich am Telefon an. Ich legte einfach auf. Bis jetzt, als ihr Mann mir von ihrem Tod berichtete, hörte ich seitdem nichts mehr von ihr. Ilse, ich werde jetzt sowieso sterben, also lasse mich bitte mit Vorwürfen in Frieden."

„Ich muss zum Spätdienst. Versink allein weiter in Selbstmitleid", sagte Ilse wütend.

„Wenn ich tot bin, kannst du dir so viele Tiere anschaffen, wie du möchtest", rief Hartmut ihr hinterher, als sie mit einem lauten Knall die Tür ins Schloss fallen ließ.

An diesem letzten Sonntag im August 1995 wehte zu Ilses Freude ein angenehmer Sommerwind. Die vergangenen Tage waren nicht nur heiß, sondern auch drückend gewesen. Ilse litt seit einem Jahr an Asthma. Wegen der schwülen Tage hatte sie Kortison sprühen müssen. Ihr Hausarzt hatte ihr mitgeteilt, dass ihre Erkrankung mit dem Klimakterium zusammen hängen könne. Auch ihre weitere Gewichtszunahme sei darauf zurückzuführen, hatte er ergänzt. Die Siebenundfünfzigjährige trug mittlerweile Kleidergröße sechsundvierzig.

„Sie kommen", rief sie ins Innere der Hütte. Hartmut saß am Tisch und fertigte Tuschezeichnungen an. Er zeichnete Schafe, Kühe, Katzen und immer wieder die Hütte. Seine Bilder waren detailverliebt und hatten gewiss einen Verkaufswert. Doch Hartmut scheute die Öffentlichkeit. Er plante weder eine Ausstellung noch den Vertrieb seiner Werke. Aus diesem Grund schmückten sie die Wände der Hütte und der Wohnung in der Reitbahnstraße.

„Ich brauche hier noch einen Moment", rief er zurück. Er war schlank geworden. Auf einmal hatte er begonnen, sich Fertiggerichte zu besorgen, die er aß, wann er gerade

Hunger hatte. Selten gesellte er sich zu Ilse, die trotz des Schichtdienstes regelmäßig frisch kochte. Hartmut wurde mit zunehmenden Alter immer eigener. Er war zum Verächter deftiger Kost geworden. Zudem äußerte er sich herablassend über übergewichtige Menschen, auch Ilses Figur gefiel ihm nicht. Ilse störte sich nicht daran. Sie machte aus jedem Tag und jeder Situation das Beste. ʼHartmut wird im Alter gewiss so merkwürdig wie sein Vater werdenʼ, überlegte Ilse, während sie zum Gartentor ging.

„Omi", rief die achtjährige Johanna aufgeregt. Sie ließ die Hand ihrer Mutter los und rannte das letzte Stück der steilen Wiese runter.

„Johanna", rief Mira besorgt. „Sei vorsichtig."

Doch das pausbäckige Mädchen mit den hellbraunen Locken ließ sich nicht beirren. Ilse breitete ihre Arme aus, und ihre älteste Enkeltochter drückte sich an sie.

„Hallo, meine Große", begrüßte Ilse Johanna. „Mein Schulkind, wie geht es dir?"

„Omi, ich habe ein ʼsehr gutʼ in Mathematik und ein ʼgutʼ in Deutsch", plapperte Johanna stolz drauf los.

Ilse langte in die Tasche ihrer Küchenschürze. Sie war mehlbestäubt. Etwas von dem Mehl zierte nun Johannas Nasenspitze.

„Hier hast du fünf DM, das hast du dir verdient", sagte Ilse lächelnd. Sie zückte ein Taschentuch und entfernte das Mehl von Johannas Nase.

„Hallo, Mama", sagte Erich. Auf seinen Schultern trug er die vierjährige Larissa. Sie war das ganze Gegenteil ihrer großen Schwester. Glatte, flachsblonde Haare umrahmten das schmale Gesicht. Schüchtern winkte sie ihrer Großmutter zu.

„Hallo, Erich", begrüßte Ilse ihren Sohn. Sie betrachtete ihn eingehend. Er war wohl genährt. Auch Miras Figur war durch die zwei Schwangerschaften kurviger geworden. Doch die paar Kilos mehr standen ihr gut zu Gesicht. Sie war immer noch eine schlanke Frau, die ganz in ihrer Mutterrolle aufging. Ihrer Lehrtätigkeit ging sie um der Kinder Willen nicht mehr nach. Doch die kleine Familie konnte gut von Erichs Gehalt leben. Sie mieteten sich häufig ein Wohnmobil in der Ferienzeit und fuhren damit durch die Welt.

„Von deinen langen Haaren wirst du dich nie trennen, nicht wahr?", wollte Ilse lachend von ihrem Sohn wissen. Dieser schüttelte grinsend den Kopf. „Larissa, sieh mal, was hier neben dem Gartentor steht", sagte sie auffordernd zu ihrer Enkeltochter. Diese linste neugierig auf den Boden.

„Puppen", sagte sie, und ein Lächeln erhellte ihr Gesicht. „Papa, ich möchte runter."

Gehorsam setzte Erich seine Tochter auf dem Rasen ab. Am Morgen hatte Hartmut die große Rasenfläche gemäht. Larissa widmete sich den Stoffpuppen und bemerkte begeistert, dass auf dem gesamten Rasen kleine Püppchen verteilt waren. Ilses Blick wanderte zu Johanna. Sie musste schmunzeln. Man sah ihr deutlich an, dass sie überlegte, ob sie zu alt für Spiele mit Puppen war.

„Larissa, ich werde dir aufsammeln helfen und mit dir spielen", verkündete sie, den Erwachsenen zuzwinkernd. Ilse war gerührt von dem Anblick der davoneilenden Schwestern.

„Ilse", sagte Mira mahnend. „Die Kinder sollen im Garten ihre Fantasie einsetzen und mit der Natur spielen."

„Komm schon, Mira", beschwichtigte Erich seine Frau. „Schau mal, was für einen Spaß die zwei haben. Lass meiner Mutter ihre Freude. Papa hat bestimmt noch was anderes mit ihnen vor."

Vor sich hin grummelnd ging Mira neben Ilse und Erich zur Hütte. Der einladend gedeckte Tisch hob ihre Stimmung rasch wieder. Auf einem Teller stapelten sich Waffeln, in einer Schüssel dampften heiße Kirschen, und frisch geschlagene, fette Sahne aus Landmilch war in zwei weiteren Schüsseln verteilt.

„Papa", sagte Erich und klopfte dem am Tisch sitzenden Vater auf die Schulter.

„Erich", erwiderte Hartmut lächelnd. „Schau, ich habe eine Zeichnung von deinen Mädchen angefertigt." Stolz präsentierte er die Tuschezeichnung von seinen Enkeltöchtern.

„Schön", sagte Erich angetan. Dem Vater war ein sehr naturgetreues Abbild der Mädchen gelungen. Er reichte das Bild an Mira weiter, die anerkennend den Daumen hob.

Die Familie machte sich über die Waffeln her. Auch die Kinder unterbrachen, angelockt vom verführerischen Duft, ihr Spiel.

„Oma, hast du Opa von meinen guten Noten erzählt?", erkundigte Johanna sich frech. „Opa, meine schlechteste Note ist ein ʼausreichendʻ in Sport."

„Sehr schön, Johanna", antworte Hartmut liebevoll. Auch wenn er sich nicht zu vielen Besuchen in Hagen aufraffen konnte und seine Enkeltöchter nur selten sah, war er ihnen sehr zugetan. „Ich bin stolz auf dich. Wir werden einen kleinen Ausflug in den Wald nach dem Kaffee zusammen unternehmen, was meinst du?"

„Ja", rief Johanna begeistert aus.

„Ich möchte lieber mit den Puppen spielen", sagte Larissa.

„Siehst du", sagte Mira spitz zu Erich.

„Larissa", befahl dieser, „du wirst deinen Opa und Johanna begleiten."

„Schatz, wir möchten Maiskolben pflücken", motivierte Hartmut seine Enkeltochter. „Die werden wir am Abend auf den Grill legen."

„In Ordnung", stimmte Larissa nach kurzer Überlegung zu.

Ilse genoss den Tag in vollen Zügen. Als sie am frühen Abend das Grillgut aus dem Kühlschrank nahm, freute sie sich, dass ihr Mann zwei Stunden mit seinen Enkeltöchtern unterwegs gewesen war. Hartmut übernahm sogar das Grillen mit den zwei stolzen Mädchen an seiner Seite, die ihm dabei halfen.

Als die junge Familie um einundzwanzig Uhr den Heimweg antrat, und Hartmut neben ihr am Gartentor stand, um zu winken, sagte Ilse liebevoll: „War das ein schöner Tag. Hartmut, deine Sorge, dass dich dasselbe Schicksal wie Hanne ereilen würde, war unbegründet."

Zum ersten Mal seit langer Zeit legte Hartmut den Arm um seine Frau. Eng umschlungen schlenderten sie zurück zu ihrer Hütte.

Hartmut, Juli – November 2014

„Hartmut, du musst mehr essen", schimpfte Ilse. „Sieh dich mal im Spiegel an. Deine Hose fällt dir bald vom Leib."

„Ich esse so viel wie immer", verteidigte sich Hartmut. „Vielleicht liegt meine Gewichtsabnahme an dem ständigen Durchfall."

„Davon hast du mir nichts erzählt", wunderte sich Ilse. Sie betrachtete ihren Mann genauer. Sein Gesicht war eingefallen und wirkte grau. Er sah nicht gesund aus. `Wie konnte mir sein Zustand solange Zeit verborgen bleiben?´, fragte sie sich im Stillen. Sie zog die Rolladen im Wohnzimmer runter, um die Sonne an diesem Vormittag Anfang Juli 2014 auszuschließen. Die Hitze konnte sie wegen ihres Asthmas nur schlecht ertragen. Im November würde sie siebenundsiebzig Jahre alt werden, und Hartmut stand kurz vor seinem neunzigsten Geburtstag.

„Du musst mit mir zu Dr. Kreuz fahren", befahl Ilse. Inzwischen war Hartmut ausgesprochen froh darüber, dass seine Frau einen Führerschein besaß. Er selbst fuhr seit vier Jahren kein Auto mehr. Bei seinem letzten Ausflug war er vor einen Baum gefahren und nur durch großes Glück unverletzt geblieben.

„Ärzte sind alles Pfuscher", meckerte Hartmut. „Mir geht es gut." Er stand vom Sofa auf und ging zum Wohnzimmerschrank.

„Aber nicht schon um diese Zeit einen Schnaps", sagte Ilse. So schnell sie konnte, eilte sie zu ihrem Mann. „Mein Schatz, es ist zehn Uhr. Wenn wir direkt losfahren, schaffen wir es noch in die offene Sprechstunde."

„Sie haben zehn Kilo abgenommen", stellte Dr. Kreuz fest. „Frau Rose, können Sie mir sagen in welchem Zeitraum ihr Mann dieses Gewicht verloren hat?"

Ilse überlegte einen Moment. Sie wirkte neben ihrem dürren Mann auf dem zweiten Stuhl wie ein Fels in der Brandung. Dr. Kreuz hatte vor zwei Jahren seinen Verdacht auf weißen Hautkrebs geäußert, den ihr Hautarzt bestätigt hatte. Ilse war dem Arzt dafür dankbar, und sie schenkte ihm ihr vollstes Vertrauen.

„Ich schätze in vier oder fünf Wochen", antwortete sie schließlich.

„Das hört sich nicht gut an, Herr Rose. Und die Durchfälle sprechen dafür, dass der Darm nicht in Ordnung ist", erklärte Dr. Kreuz ernst. „Wann waren Sie zuletzt zur Darmkrebsvorsorge?"

„Diese ganzen Vorsorgeuntersuchungen machen einen doch nur krank", antwortete Hartmut unwirsch. „Diesen Mist machte ich nicht mit."

„Wollen wir hoffen, dass sich das jetzt nicht rächt", sagte Dr. Kreuz besorgt. „Ich schreibe Ihnen eine Überweisung zum Gastroenterologen. Es muss eine Darmspiegelung gemacht werden. Und gegebenenfalls zusätzlich eine Ultraschalluntersuchung."

„Das könnt ihr getrost vergessen", erwiderte Hartmut. „Ihr wollt mich nur ins Krankenhaus stecken, und da komme ich nicht mehr raus. Mir braucht ihr nichts erzählen, ich weiß, was hier gespielt wird."

„Frau Rose, ich kann ihren Mann nicht zwingen", sagte Dr. Kreuz bedauernd. „Ich werde Ihnen die Überweisung mitgeben, und Sie müssen versuchen, ihren Mann zu überzeugen."

Niedergeschlagen verließ Ilse mit Hartmut die Hausarztpraxis. Im Auto angekommen, holte sie ihr Handy aus der Handtasche und wählte die Nummer ihrer Tochter.

„Ja, Mama", sagte Gerda nach wenigen Sekunden.

„Schatz, es gibt eine schlechte Nachricht", begann sie leise.

„Gar nichts gibt es", redete Hartmut unwirsch dazwischen.

„Komm doch nach Feierabend vorbei, wenn es geht", bat Ilse.

„Ich werde gegen siebzehn Uhr bei euch sein", versprach Gerda besorgt.

„Ich möchte das nicht", schrie Hartmut wütend. Sein Gesicht war rot angelaufen. „Bleibt mir mit euren Fingern vom Hintern."

„Herr Rose", sagte die freundliche Anästhesistin. „Ich werde Ihnen in den Venenzugang ein Medikament injizieren. Sie werden von der Untersuchung nichts spüren und nach kurzer Zeit wieder erwachen."

„Denk an dein Versprechen Gerda gegenüber", erinnerte Ilse ihren aufgebrachten Mann.

„Ich versprach, hier hinzugehen, und hier bin ich", sagte Hartmut erbost. „Ich versprach nicht, mich untersuchen zu lassen."

„Herr Rose, so macht das keinen Sinn", sagte die Anästhesistin energisch. „Gehen Sie zurück zum Empfang. Meine Kollegin wird Ihnen eine Einweisung ins Krankenhaus mitgeben."

Ilse seufzte. Sie wusste, welcher Kampf sie erwartete.

Müde schloss Ilse die Wohnungstür auf. Sie hatte Frühdienst im Bethesda Altenheim gehabt. Trotzdem sie seit 2000 in Rente war, arbeitete sie weiterhin als geringfügig Beschäftigte. In der Diele angelangt, kontrollierte sie als Erstes den Anrufbeantworter. Tatsächlich blinkte er. Um halb neun Uhr am Morgen hatte jemand drauf gesprochen. Sie hörte die Nachricht ab: „Guten Morgen, Frau Rose. Hier spricht Schwester Susanne aus dem Petrus Krankenhaus. Kommen Sie doch bitte auf Station zum Gespräch. Ihr Mann geisterte bis in die frühen Morgenstunden durch das Krankenhaus."

Erschöpft ging Ilse in die Küche. Sie nahm sich einen tiefen Teller aus dem Schrank, den sie mit der vom gestrigen Abendessen übrig gebliebenen Erbsensuppe füllte. Heute war sie darüber froh, dass sie sich zum Erwerb einer Mikrowelle durchgerungen hatte.

In aller Ruhe nahm sie ihre Mahlzeit zu sich. Anschließend brachte sie die Wohnung in Ordnung. Sie kehrte, wischte und spülte. Zufrieden mit dem Ergebnis begann sie, ihre Tasche zu packen. Sorgfältig packte sie alles rein, was sie für einen längeren, auswärtigen Aufenthalt benötigen würde.

Auf der Fahrt zum Krankenhaus telefonierte sie verbotener Weise mit Erich. Es waren Schulferien, und als Lehrer hatte er zu dieser Zeit frei. Mit wenigen Worten berichtete sie ihrem Sohn vom Befinden seines Vaters: „Der Tumor im Enddarm wird morgen endlich operativ entfernt, weil es ansonsten zum Darmverschluss kommen würde. Dein Vater lehnte die Operation bisher vehement ab. Wenn du es schaffst, kannst du ihn ab morgen Nachmittag besuchen. Gerda weiß schon Bescheid. Ich muss das Telefonat beenden. Ich sitze im Auto."

Wenig später klopfte Ilse ans Schwesternzimmer der onkologischen Station des Petrus Krankenhauses.

„Frau Rose, hat Sie die Nachricht meiner Kollegin vom Frühdienst erreicht?", wollte die herbeigeeilte Schwester wissen. Auf ihrem Namensschild stand ʼSr. Mariaʼ.

„Guten Tag, Schwester Maria", begrüßte Ilse die Frau in dem weißen Kittel. „Macht mein Mann die Nacht zum Tag?"

Schwester Maria lachte.

„Für die Nachtschwester war es nicht lustig. Und fixieren dürfen wir Ihren Mann nicht. Was ist los mit ihm? Dement scheint er uns nicht zu sein", berichtete Schwester Maria, ihre Brille zurechtrückend.

„Im Oberstübchen ist er klar. Hartmut weiß genau, was er möchte", erwiderte Ilse. „Seitdem er vor vielen Jahren in Rente ging, veränderte sich sein Tagesablauf mehr und mehr. Ich war dagegen machtlos. Ich werde Ihnen einen Vorschlag unterbreiten."

„Gerne, Frau Rose", sagte die Krankenschwester.

„Lassen Sie mich in einem Bett in seinem Zimmer übernachten, und ich werde die Nachtwache übernehmen. Ich bin gelernte Altenpflegerin", schlug Ilse vor. Sie zeigte Schwester Maria ihre große Reisetasche. „Meine Tasche ist bereits gepackt."

„Setzen Sie sich bitte einen Moment auf einen der Stühle im Aufenthaltsraum am anderen Ende der Station", antwortete die Krankenschwester, sichtlich angetan von der Idee. „Ich frage unseren Stationsarzt."

Eine halbe Stunde später erschien sie im Aufenthaltsraum.

„Dr. Probst ist einverstanden und hat mit der Kollegin von der geriatrischen Station telefoniert", berichtete Schwester Maria. Hartmut sollte wenige Tage nach der Operation auf die hauseigene Station für alte Menschen verlegt werden. Ilse wusste, was das bedeutete. Der Tumor wurde nur wegen der Darmverschlussgefahr entfernt. Der Krebs hatte bereits in viele andere Organe gestreut. Auf die Geriatrie würde Hartmut zum Sterben verlegt werden.

„Ilse, du weißt, dass wir ein Zuhause haben?", fragte Hartmut leise, im Bett neben Ilses liegend. Sie waren allein im Zimmer. Hartmuts Zustand war schlecht. Drei Wochen war die reibungslos verlaufene Operation jetzt her. Mittlerweile war es Anfang September. Hartmut wurde intravenös über einen Tropf mit Antibiotika und Cortison behandelt. Bei ihm war als Komplikation eine Lungenentzündung aufgetreten.

„Ich werde in einer Stunde aufstehen und mit den Ärzten sprechen", versicherte Ilse ihrem Mann. „Ich werde mich darum kümmern, dass du mit mir nach Hause darfst."

„Immerhin bist du Altenpflegerin, du kannst mich genauso gut waschen und betten wie die Schwestern hier", sagte Hartmut.

Einen Moment schwiegen sie und lauschten dem Ticken der Wanduhr. Ab und an piepte der Überwachungsmonitor, wenn Hartmuts Herz einen Aussetzer hatte oder sein Blutdruck zu niedrig wurde.

`All das brauchen wir nicht´, dachte Ilse. `Wir wissen, das Hartmuts Reise in wenigen Tagen enden wird. Darauf warten, können wir daheim.´

Am Tag darauf brachten die Johanniter Hartmut zurück zur Reitbahnstraße. Das Sanitätshaus Werner hatte glücklicherweise direkt nach Anfrage der Schwestern ein Pflegebett liefern können. Sich darum sorgen, ob Hartmut liegen bleiben würde, brauchte Ilse sich nicht mehr. Ihr Mann war viel zu geschwächt für Ausflüge aus dem Bett. Gerda und Erich erwarteten ihre Eltern in der Wohnung. Beide besaßen für den Notfall einen Wohnungsschlüssel. Es war Freitag, und Gerda hatte frühzeitig ihr Büro in der Sparkasse verlassen können.

Die zwei Sanitäter hatten wenig Mühe damit, Hartmut auf dem Tragestuhl die kleine Treppe raufzutragen. Sie betteten ihn gekonnt und erklärten Ilse ausführlich die Betriebsfunktionen des Pflegebettes. Dankbar hörte Ilse ihnen zu. Ihre Kinder waren augenblicklich zum Vater ans Bett geeilt. Sie hielten seine Hände und redeten leise mit ihm.

„Heute gegen zwanzig Uhr wird der Pflegedienst Sie wieder besuchen und morgen um halb sieben", informierte ein Sanitäter Ilse.

„Danke", erwiderte diese gefasst. „Danke für alles."

Erich und seine Schwester blieben bis spät am Abend bei ihren Eltern. Der Pflegedienst hatte bei dem Abendeinsatz nicht viel zu tun gehabt. Ilse hatte ihren Mann bereits gelagert und gewaschen. Lediglich die Funktionen der diversen Infusionsflaschen hatten ihr erklärt werden müssen.

„So, Mama", sagte Erich, vom Wohnzimmersofa auf-
stehend. „Danke für die Schnittchen." Er ging zu seinem
Vater ans Bett und drückte ihm einen Kuss auf die Stirn.
„Wiedersehen, Papa. Bis Morgen."

„Bis Morgen, Erich, mein Junge", flüsterte Hartmut.
„Du warst mir ein guter Sohn, auch wenn ich nicht dein
leiblicher Vater war."

„Sprich nicht in der Vergangenheit, Papa", sagte Erich,
und Tränen liefen über seine Wangen. Er drückte dem
Vater noch einmal die Hand, bevor er sich auf den Weg
zur Wohnungstür machte.

Ilse hatte sich im Wohnzimmer auf das Sofa, an dessen
Kopfende das Pflegebett aufgestellt war, zum Schlafen
niedergelegt. Hartmut und sie waren gerade einmal drei
Tage zu Hause, doch ihr kam es wie eine Ewigkeit vor.
Zeit ihres Lebens hatte sie es gehasst, ans Haus gefesselt
zu sein. Doch sie befürchtete, ihr Mann könnte ausgerechnet dann versterben, wenn sie kurz draußen wäre.
Im Altenheim hatte sie Bescheid gegeben, nicht zur Verfügung zu stehen.

„Ilse, schläfst du schon?", fragte Hartmut leise.

„Nein", antwortete Ilse ebenso leise. `Warum flüstern
wir?´, fragte sie sich.

„Komm einen Moment zu mir, und reich mir die
Hand", bat Hartmut.

Erschrocken erhob sich Ilse. Sie griff nach ihrer, über
die Sofalehne hängenden, Wolljacke. Trotz der angestell-
ten Heizung fror sie.

Hartmuts Hand war eiskalt. Sein Gesicht lief spitz
zu, es wirkte wie eine Maske. Seine Adern schimmerten

bläulich unter der transparenten Haut. Ilse war eine erfahrene Altenpflegerin, die wusste, was sie sah. Hartmuts Antlitz hatte sich zum Sterbegesicht gewandelt.

„Neunzig Jahre sind eine lange Zeit", wisperte er. Ilse wollte ihn bitten, lauter zu sprechen, doch sie ließ es. Sie senkte den Kopf und hielt ihr Ohr an seinen Mund. „Ich war nicht immer leicht, ich weiß…"

„Es ist alles gut, Hartmut", unterbrach Ilse ihren Mann. Sie drückte vorsichtig seine Hand.

„Ich habe dich immer geliebt, das weißt du, oder?", fragte er.

Ilse zögerte unmerklich, bevor sie rasch antwortete: „Ich weiß es. Und ich werde dir nie vergessen, was für ein liebevoller Vater du Erich warst. Du hast beide Kinder geliebt, auch wenn du Erich nicht gezeugt hast."

Ein Lächeln breitete sich auf Hartmuts Gesicht aus. Er schloss die Augen. „Sag meinen Kindern, dass mein letzter Gedanke ihnen galt", sagte er fast tonlos. Er öffnete seine Augen nicht mehr.

Reitbahnstraße, Dezember 2015

Die CD im CD-Player spielte die deutschen Weihnachtslieder ab, die Ilse so sehr liebte.

„Das Radio bleibt aus", verkündete Ilse ihren Gästen. „Ich möchte keine Weihnachtslieder auf Englisch hören. Das musste ich den ganzen Advent über."

„Ach, Omi", sagte Larissa lachend. „Letztes Wochenende bei Mama stimmtest du bei ʽLast Christmasʼ mit an."

„Aber diesen Heiligabend verbringen wir bei mir", konterte Ilse. Sie war sehr glücklich darüber, dass ihre sechsundzwanzigjährige Enkeltochter an diesem besonderen Weihnachtsfest hier war. Johanna hatte es zu ihrem Bedauern nicht einrichten können. Sie war mit ihrem Freund in Bulgarien.

„Hier sieht es noch so aus wie in unserer Kindheit, nicht wahr, Gerda?", fragte Erich schmunzelnd seine Schwester.

„Fast", antwortete diese. „Mein Kinderzimmer ist Mamas Schlafzimmer, und in deinem schlief Papa."

„Das ist aber auch alles, was sich verändert hat", sagte Erich.

„Hartmut hing an jedem Detail", bemerkte Mira. „Warte, Ilse, ich werde dir beim Servieren helfen. Ich freue mich schon auf deinen Kartoffelsalat."

Mira begleitete ihre Schwiegermutter in die Küche. Wenig später kehrten die zwei Frauen mit zwei großen Schüsseln, die bis oben hin mit lauwarmen Pellkartoffelsalat gefüllt waren, zum gedeckten Wohnzimmertisch zurück. Erich griff als erster zur Schöpfkelle und langte kräftig zu.

„Wie geht es dir an deinem ersten Weihnachtsfest ohne Papa?", erkundigte sich Gerda vorsichtig.

„Gerda", sagte Ilse mit vollem Mund. „Lass uns zunächst in Ruhe essen und bescheren. Später habe ich euch etwas zu berichten."

„Jetzt bin ich aber neugierig", sagte Erich erstaunt.

„Und ich erstmal", ergänzte Thomas. Der hochaufgeschossene Mann mit dem blonden Dreitagebart und dem schütteren Haar hielt seine Bockwurst in der Hand und biss ein großes Stück ab.

„Schmeckt köstlich, Oma", sagte Larissa begeistert. Das schüchterne Mädchen von einst hatte sich zu einer selbstsicheren Frau entwickelt. Ilse würde ihre Enkeltöchter gerne öfter sehen, doch überwiegend bestand der Kontakt aus Briefen ihrerseits und Postkarten von den Frauen.

Nach der Bescherung saß die Familie im Wohnzimmer zusammen. Ilse hatte Holzstühle aus dem Keller geholt, um allen Sitzplätze anbieten zu können. Ihre Weihnachtsdekoration war schlichter, als es zu ihrer gemeinsamen Zeit mit Hartmut gewesen war. Statt eines Weihnachtsbaumes standen auf dem Gabentisch Stechpalmenzweige, die mit roten Schleifen und goldenen Kugeln geschmückt waren. Wenige Räuchermännchen in den Regalen und ein großer, Pfeife rauchender Nussknacker auf dem Weihnachtsteller verbreiteten dezent weihnachtlichen Charme.

„Mir gefällt das viel besser, Mama", erklärte Erich. „Früher war immer von allem etwas zu viel aufgestellt."

„Hartmut gefiel es", bemerkte Ilse schulterzuckend.

„Jetzt schieß los, Mama", forderte Gerda die Mutter auf.

„Dieser Heiligabend wird der letzte sein, den ich in der Reitbahnstraße feiere", verkündete Ilse andächtig. Sie faltete die Hände in ihrem Schoss und sah ihre Kinder, Schwiegersohn und Schwiegertochter und die Enkelin der Reihe nach an. Zunächst sagte niemand ein Wort. „Ich fühlte mich hier mitten in der Stadt nie wohl. Oft versuchte ich, euren Vater zu einem Umzug zu bewegen. Immer weigerte er sich standhaft. Ich bin alt, meine Lieben. Ich sehne mich nach einem Heim am Stadtrand. Im nächsten Jahr werde ich mich nach einer neuen Wohnung umsehen."

„Wunderbar, Mama", meldete sich Gerda zu Wort. „Papa bekam seinen Willen. Er bekam zu oft seinen Willen."

„Papa war mir der beste Vater, den ich mir wünschen konnte", bemerkte Erich. „Dennoch, je älter ich wurde, desto mehr registrierte ich, dass du dir deine Freiheiten erkämpfen musstet. Deine Hütte, die du dir nicht hast wegnehmen lassen. Euren Mikesch, endlich ein Haustier, auch wenn Papa keinem weiteren mehr zustimmte." Erich holte tief Luft. „Ich freue mich für dich, Mama."

„Wenn ich mich dazu äußern darf", warf Thomas ein, „Der gute Hartmut war schon manchmal eigen."

Larissa fing an zu kichern. Ilse prustete los. Auf einmal begannen alle zu lachen, bis ihnen die Tränen in die Augen stiegen.

„Hört auf zu lachen, mir schmerzt schon mein Bauch", rief Ilse, unfähig, ihren Lachanfall in den Griff zu bekommen. Es war, als würde sie alles aus sich raus lassen, was sie jahrelang hatte unterdrücken müssen. Es kam ihr unendlich lang vor, bis endlich das Lachen abebbte. Doch es hatte ihr gut getan.

„Hier", Mira war unbemerkt in die Küche gegangen und kehrte jetzt mit zwei Sektflaschen zurück. „Lasst uns den Sekt, den wir mitgebracht haben, trinken. Damit stoßen wir auf Ilses Umzug an."

Erich stand auf, ließ die Korken knallen und goss den prickelnden Sekt in die Gläser.

„Auf dich, Mama", sagte er.

„Auf Ilse", rief Thomas und hob das Glas.

Nach und nach erhoben sich alle von ihren Plätzen. Wie sonst an Sylvester stieß jeder mit jedem an. Ilse war glücklich. Sie setzte ihr Sektglas an die Lippen und trank.

Achtzigster Geburtstag, November 2017

„Jetzt bist du sicher froh, doch nicht in deiner Wohnung zu feiern, nicht wahr?", erkundigte Mira sich.

„Ich hätte die Vorbereitungen nie und nimmer geschafft. Auch nicht mit eurer Unterstützung", antwortete Ilse. „Ich bin froh, dass ich überhaupt feiern kann."

„Es geht dir aber gut heute, oder?", fragte Mira besorgt.

„Sehr gut", entgegnete Ilse. Das war nicht gelogen. Das Asthma bereitete ihr heute keine Probleme. In der letzten Zeit hatte sie nur wenige Termine gemacht und sehr sporadisch ihre Kontakte gepflegt. Ilse saß in der Nähe der Eingangstür vor Kopf der hufeisenförmig angeordneten Tische. Links neben ihr saßen Erich und Mira, der Tisch zu ihrer Rechten war für Gerda und Thomas reserviert. Gemeinsam mit ihren Kindern hatte Ilse sich dafür entschieden, ihren achtzigsten Geburtstag im ˋGasthaus Eisenbach´ zu feiern. Es war kurz vor elf Uhr. Die Feier sollte mit einem Mittagsbuffet beginnen und nach dem Nachmittagskaffee ausklingen. Die Gäste waren bis auf Gerda und ihren Mann bereits alle vollzählig erschienen. Am Ende der vorderen Tischreihe waren Plätze für die Chormitglieder reserviert, ihnen gegenüber saßen Karl, Hilde, Erwin und Egon, daneben plauderten ihre Brüder mit ihren Familien munter durcheinander, und in Eingangsnähe besetzten Ilses Enkeltöchter mit ihren Lebensgefährten die letzten, freien Plätze.

„Wo bleiben Gerda und Thomas nur?", fragte Ilse ungeduldig.

Erich und Mira zuckten mit den Schultern. Die Kellnerin hatte bereits damit begonnen, Sekt und Orangensaft anzubieten. Um elf Uhr wollte Ilse ihre Rede halten und das Buffet eröffnen. Immer wieder richtete Ilse ihr Augenmerk auf die Eingangstür.

„Da sind sie endlich", sagte sie erleichtert, als sie Thomas eintreten sah. „Das darf nicht wahr sein", rief Ilse aus. Die Frau hinter Thomas war nicht Gerda. Es war ihre Jugendfreundin Liesel. Und sie war nicht die einzige Überraschung. Sie wurde begleitet von Lisa und Karl, ihren Ziehkindern aus Rosenthal. Nichts hielt Ilse mehr auf ihrem Platz. Aufgeregt eilte sie den dreien entgegen.

Ohne ein Wort der Begrüßung fielen sich Ilse und Liesel in die Arme. Es war lang her, dass Ilse in Rosenthal zu Besuch gewesen war. Von den roten Haaren der Freundin war nichts mehr zu sehen. Sie war so weißhaarig wie Ilse. Altersflecken hatten sich zu den Sommersprossen gesellt. In Ilses Armen fühlte sich die Freundin immer noch so zart wie früher an.

„Ich freue mich so, dich hier zu haben", sagte Ilse herzlich.

„Deine Tochter holte mich vom Bahnhof ab, und in dem Haus deines Sohnes werde ich die Nacht verbringen", berichtete Liesel.

„Wir auch", mischte Karl sich ein. Der Schimmel von einst war ein stattlicher, alter Mann geworden.

„Ilse", sagte Lisa. „Kannst du es glauben, dass so viele Jahre vergangen sind? Ich denke so oft zurück an damals.

Das Erste, an das ich mich erinnern kann, ist an deiner Hand durch unseren Stall zu spazieren."

Ilse strahlte. Sie hatte in diesem Augenblick ihr schönstes Geburtstagsgeschenk erhalten. Thomas und Mira hatten Stühle für die drei Rosenthaler besorgt und ihnen ihre Plätze an Ilses Seite überlassen. Sie gesellten sich zu Johanna und Larissa.

Ilse klopfte mit dem Löffel an ihr Glas. Sie war aufgestanden, und langsam verstummten ringsum die Gespräche. „Meine lieben Festgäste", begann sie ihre sorgsam einstudierte Rede. „Ich bin glücklich und dankbar, euch alle an meinem achtzigsten Geburtstag hier im Haus Eisenbach begrüßen zu dürfen. Mit großer Freude sehe ich, dass ihr vollzählig erschienen seid. Jeder von euch ist wertvoll für mich, jeder von euch trug seinen Teil dazu bei, dass mein Leben durchweg einen Sinn machte. Liesel", sie wandte sich ihrer Jugendfreundin zu, „ich sehe uns in meiner Erinnerung vor der Dorfschule in Rosenthal stehen und uns den ersten Apfel miteinander teilen. Lisa, Karl, was ward ihr für ein wichtiger Teil in meiner Jugend auf dem Land. Großziehen durfte ich euch gemeinsam mit meiner Mutter." Ilse hielt inne, atmete tief durch und nahm einen winzigen Schluck Sekt. Sie musste blinzeln. Tränen der Rührung drohten, sich einen Weg zu bahnen. „Meiner geliebten Mutter, dieser wunderbaren und tapferen Frau, kann ich nur noch in der Erinnerung für alles danken, was sie mir Gutes getan hat. Erich", sie streckte die freie Hand aus, und berührte ihren Sohn zart an der Schulter, „du warst und bist mein großes Glück. Hartmut,

Gott habe ihn selig, war dir ein liebevoller Vater." Ilse nahm einen weiteren, großen Schluck aus dem Sektkelch. Sie blickte kurz hinüber zu Karl und Hilde und registrierte das Grinsen auf dem faltigen Gesicht des alten Freundes. „Auch Hartmut ist nicht bei mir an meinem heutigen Festtag", setzte Ilse ihre Erzählung fort. Sie beschloss, spontan von der auswendig gelernten Rede abzuweichen. „Mein geliebter Mann war auch in seinem Leben oftmals nicht an meiner Seite. Dennoch schätze ich mich glücklich, eine gute Ehe geführt haben zu dürfen." Ilse hörte Karl leise lachen. Jeder Anwesende wusste, dass Hartmut nicht immer einfach gewesen war. „In Wuppertal, nach der Konfirmation von dir, Gerda," Ilse warf der Tochter eine Kusshand zu, „konnte ich mir endlich meinen Wunsch erfüllen und Mitglied in dem wunderbaren Kirchenchor werden, dem ich auch heute noch angehöre." Ilse winkte den Chormitgliedern zu. Ein weiterer Schluck aus dem Sektkelch hatte zur Folge, dass ihre Wangen zu glühen begannen. Sie fühlte sich angenehm beschwipst. „Meine Brüder und meine Enkelkinder bereichern mein Leben sehr", sagte Ilse, mit dem Arm weit ausholend und einen Kreis zeichnend. Aus Versehen floss etwas Sekt aus dem Kelch, der von der Kellnerin neu gefüllt worden war. „Huch", entfuhr es Ilse, und jetzt machte sich allgemeines Gelächter breit. Ilse fand, dass es Zeit war, der Besinnlichkeit ein Ende zu setzten und endlich das Fest zu feiern. „Karl und Hilde", sagte sie abschließend, „oft saßen wir zusammen vor dem gedeckten Tisch bei mir in der geliebten Hütte und bei euch auf dem Hof. Lasst uns das auch heute wieder einmal machen. Das Buffet ist eröffnet. Lasst es euch schmecken." Leicht schwankend nahm Ilse wieder Platz. Sie wollte ein wenig ausruhen.

Gerda legte von hinten ihre Arme um die Mutter. „Soll ich dir einen Teller fertig machen?", fragte sie liebevoll.

„Gerne", antwortete Ilse dankbar.

„Und warte mit dem Sekt, bis du etwas gegessen hast", flüsterte Gerda schmunzelnd.

Gerda hatte Ilses Teller reichlich mit kalten und warmen Köstlichkeiten gefüllt. Doch Ilse war zu aufgeregt, um alles aufessen zu können. Ihr guter Appetit verließ sie ab und an. Sie konnte sich selbst nicht erklären, woran das lag. Gewicht verlor sie trotz der ungewollt reduzierten Nahrungsaufnahme nicht.

„Magst du dein Roastbeef nicht mehr essen?", erkundigte sich Erich. Er warf einen begehrlichen Blick auf den Teller seiner Mutter.

„Nimm nur", forderte Ilse ihn auf. „Es war alles lecker, aber ich bin satt."

Zu späterer Stunde, die Kaffeetafel war geplündert, und die Kellnerin begann mit einer Kollegin bereits abzuräumen, nahm Karl Ilse beiseite.

„Egon kümmert sich gut um die Hütte", erzählte er.

„Da bin ich mir sicher", erwiderte Ilse. „Die Hütte war ein Geschenk des Himmels. Ohne sie hätte ich das Leben in der Stadt und an Hartmuts Seite nicht ausgehalten."

„Ach, Ilschen", sagte er seufzend. „Was verbrachten wir schöne Stunden im Bergerland." Liebevoll legte er seine Arme um Ilses üppige Hüfte. Ilse erwiderte seine

Umarmung, lehnte kurz ihren Kopf an seine Schulter und flüsterte: „Freuen wir uns an dem, was wir hatten. Unsere Erinnerungen kann uns niemand nehmen."

Ludwig-Erhard-Weg, November 2017

Versonnen blickt Ilse durch die große Fensterfront, die das Wohnzimmer von dem breiten Balkon mit dem gewölbten Dachbogen trennt. Efeu rankt sich empor an einer eigens dafür hingestellten Flechtwand aus Bast. Winterpflanzen aller Art setzen Farbakzente. Weniger kunstvoll arrangiert, hätte die Pflanzenvielfalt übertrieben wirken können. Doch Ilse ist zufrieden mit ihrer Aufteilung. Trotz der Fülle nimmt man gerne zwischen den Blumen Platz. Ihre Kinder sind sehr angetan von dem Flair ihrer geräumigen Wohnung. Sie hat sich das Land ins Haus geholt. Hartmuts Tuschebilder von der Hütte, Mikesch und einem Hund hängen im Flur. Für die in die Wohnung eintretenden Besucher sind sie direkt sichtbar. Einen kleinen Fuchs und einige Schafe hat sie ins Badezimmer neben die Handtücher gestellt. Ilse blickt auf ihre Armbanduhr. Es ist kurz vor fünfzehn Uhr. Sie überlegt, Kaffee aufzusetzen. Plötzlich schellt jemand bei ihr. Ilse ist verwundert. Besuch erwartet sie heute nicht. Sie drückt auf den Knopf, der dafür sorgt, dass sich unten die Haustür öffnet. Ilse wohnt in der ersten Etage.

„Langsam", hört sie eine Frauenstimme rufen. Die Stimme ist ihr unbekannt.

„Ich habe ja gesagt, wir hätten ihn besser zu Hause gelassen", meldet sich eine zweite Frauenstimme zu Wort.

Ilse hört kratzende Geräusche und Füße, die die Treppen hinauf steigen.

„Er ist brav, wenn wir zu Besuch gehen", sagt wieder die erste Frauenstimme.

„Es kann sein, dass Frau Rose Angst vor ihm hat", sagt die zweite Frauenstimme.

„Ach bestimmt nicht, hängen doch überall Tierbilder im Treppenhaus", erwidert die erste Frauenstimme. „Autsch", sagt diese.

'Da scheint sich jemand verletzt zu haben', denkt Ilse.

„Sir Bosco, halt", ruft dieselbe Stimme. Die Füße laufen jetzt schneller die Stufen rauf.

'Um Himmels willen', denkt Ilse noch, bevor ein großer, weißer Hund sie anspringt und an die Wand drückt.

„Entschuldigen Sie bitte", sagt eine Frau um die Vierzig, die schnell die Hundeleine an sich nimmt und den Hund zurückzieht. „Ich stolperte, und Sir Bosco nutzte die Gelegenheit, um sich loszureißen."

„Sir Bosco heißt du", sagt Ilse freundlich. „Was für ein schöner Name. Ich werde mal sehen, ob ich was für dich habe. Den Hund kenne ich jetzt, doch wer sind Sie?"

„Monika Schwan", sagt die ältere der beiden Frauen. „Von der Kirchengemeinde."

„Von der Kirchengemeinde?", wiederholt Ilse fragend. „Ach so, natürlich. Ab dem achtzigsten Geburtstag werden die Senioren besucht. Daran habe ich gar nicht gedacht. Ich wollte gerade Kaffee aufsetzen. Darf ich Ihnen eine Tasse anbieten?"

„Sehr gerne, Frau Rose", antwortet die jüngere Frau. „Ich bin Sarah Schwan. Ich begleite meine Mutter oft, wenn sie für die Kirche die älteren Menschen besucht."

Ilse kommt mit einem Tablett aus der Küche zurück ins Wohnzimmer. Es brennen Kerzen auf dem Tisch. Sie hat *die Lampe nicht angemacht. An diesem trüben Novembertag bevorzugt sie die gemütliche Atmosphäre im Kerzenschein. Während sie den Kaffee ausgießt und die Plätzchendose öffnet, erkundigt sie sich bei den Frauen von der Kirchengemeinde, ob es ihnen hell genug sei.*

„Es ist sehr gemütlich", antwortet Monika Schwan. „Sie gehören noch nicht lang zu unserer Gemeinde. Wie lange wohnen Sie hier? Sie sind sehr liebevoll eingerichtet."

„Ich lebe hier erst seit einem Jahr", klärt Ilse auf. „Früher wohnte ich mit meinem Mann in der Reitbahnstraße."

„Sie gingen zum Gottesdienst in die Friedhofskirche?", erkundigt sich Sarah Schwan.

Ilse nickt. „Sie brauchen sich nicht zu sorgen, Frau Schwan", sagt sie, auf den hin und her wuselnden Schäferhund deutend. „Er kann nirgends raus. Die Balkontür ist geschlossen."

„Das bereitet mir keine Sorgen", antwortet die Frau grinsend. „Ich fürchte nur um die Sicherheit der Aprikosen dort hinten auf dem Tisch vor dem Fernseher."

„Sir Bosco frisst Obst?", fragt Ilse erstaunt.

„Vor ihm ist nichts sicher, das in Reichweite seiner Schnauze ist", mischt Monika Schwan sich ein.

Ilse steht auf, um die Aprikosen zu retten.

„Sie sind gewaschen", erklärt sie, als sie das Obst zur Plätzchendose stellt. „Greifen Sie zu."

„Erstmal haben wir eine kleine Aufmerksamkeit für Sie", sagt die ältere Frau und überreicht ihr eine kleine Geschenktüte.

Neugierig sieht Ilse hinein. Die Tüte enthält eine kleine Flasche Sekt und einen dünnen Bildband mit dem Titel `Ein weiser Spruch für jeden Tag´. Artig bedankt Ilse sich.

„Es ist schön, einen Hund hier zu haben", fügt sie hinzu. „Mein ganzes Leben lang habe ich Tiere geliebt. Leider darf ich hier kein Haustier halten, sonst würde ich mir eine Katze anschaffen." Nachdenklich greift Ilse zu einem Löffelbiskuit. „Sie müssen wissen, ich wurde auf dem Land groß. Ich brauche die Natur und die Tiere um mich rum wie die Luft zum Atmen. Nach dem Tod meines Mannes erfüllte ich mir den Traum von einer Wohnung am Stadtrand. Hier ist mein kleines Paradies. Mein Sohn hat einen Hund, und ich besuche oft einen Bauern im Bergerland. So komme ich zu meinen Tieren."

„In der Nähe vom Berger Hof?", möchte Sarah Schwan wissen.

„Genau", antwortet Ilse. „Dort hatte ich lange Jahre eine Hütte und ein großes Grundstück. Ich gab alles auf, weil ich der Aufgabe aus gesundheitlichen Gründen nicht mehr gewachsen bin. Fünfhundert Quadratmeter Rasen wollen gemäht werden. Aber was rede ich? Ich möchte Sie nicht langweilen."

„Aus dem Grund sind wir hier", entgegnet Monika Schwan. „Wir sind hier, um zuzuhören."

„Einander zuhören, miteinander reden, das ist das Wichtigste auf der Welt", sagt Sarah Schwan leise. „Nur wer zuhört, gibt seinem Mitmenschen den Raum, seine Geschichte zu erzählen. Ihre Geschichte ist wichtig. Sie sind in Ihrem `Garten des Lebens´ angekommen."

Die Personen:

Ilse Rose, geb. Schäfer: Hauptfigur

Familie:

Anna Schäfer, geb. Schuster: Mutter von Ilse

Otto Schäfer: Vater von Ilse

Wilhelm Schäfer: Älterer Bruder von Ilse

Gerhard Schäfer: Jüngerer Bruder von Ilse

Rolf Schäfer: Jüngster Bruder von Ilse

Frieda Schuster, geb. Weber: Mutter von Anna

Friedrich Schuster: Vater von Anna

Emma Schäfer, geb. Krämer: Mutter von Otto

Paul Schäfer: Vater von Otto

Tille Rose, geb. Römer: Mutter von Hartmut

Karl Rose: Vater von Hartmut

Hartmut Rose: Ehemann von Ilse

Hanne Rose: Zwillingsschwester von Hartmut

Erich Rose: Sohn von Ilse und Roderich

Mira Rose, geb. Krüger: Schwiegertochter von Ilse und Hartmut

Johanna Rose: Enkeltochter von Ilse

Larissa Rose: Enkeltochter von Ilse

Gitta Rose: Tochter von Ilse und Hartmut

Gerda Herrmann, geb. Rose: Tochter von Ilse und Hartmut

Thomas Herrmann: Schwiegersohn von Ilse und Hartmut

Rosenthal:

Liesel Krumm: Jugendfreundin von Ilse

Martha Krumm: Mutter von Liesel

Johanna Rinke, geb. Nolte: Vermieterin

Adam Rinke: Ehemann von Johanna

Karl Rinke: Ziehsohn von Anna

Lisa Rinke: Ziehtochter von Anna und Ilse

Herbert Kunze: Dorfschmied

Fritz Bäcker: Lehrjunge des Schmieds

Bertha Fischer: Eigentümerin der Obermühle

Karl Fischer: Ehemann von Bertha

Fritz Fischer: Sohn von Bertha und Karl

Heinrich Fischer: Sohn von Bertha und Karl

Roderich Rempel: leiblicher Vater von Erich

Heinrich Rempel: Vater von Roderich

Wuppertal und Umgebung:

Rolf Schulz: langjähriger, guter Freund von Ilse

Margret Schulz: langjährige, gute Freundin von Ilse

Schwester Hanni: Leiterin des Kirchenchores in der Friedhofskirche

Robert Wirth: Vetter von Hartmut

Hedwig Wirth: Ehefrau von Robert

Marie Wirth: Tochter von Hedwig und Robert

Elisabeth Mayer: gute Freundin von Anna

Karl Oberst-Förster: Bauer aus dem Bergerland

Hilde Oberst-Förster: Ehefrau von Karl

Erwin Oberst-Förster: Neffe von Karl

Egon Meier: Arbeitskollege von Erwin

Danksagung

Manchmal schreibt das Leben selbst die besten Geschichten. Ich danke dir, liebe Ilse, dass ich dein berührendes Leben als Inspirationsquelle für diesen Roman nutzen durfte. An dieser Stelle möchte ich anmerken, dass einige Passagen dieses Werkes frei erfunden sind. Der Fantasie des Lesers bleibt überlassen, für sich zu entscheiden, was wahr ist oder reine Fiktion. Zudem danke ich meiner wunderbaren Mutter für ihre intensive Mitarbeit. Meinem Lektor Dr. Norbert Brieden bin ich ebenfalls wieder sehr zu Dank verpflichtet. Bei dem Team von BoD bedanke ich mich für Beratung, Konzept und Design. Das Foto für das Covermotiv wurde von dem Fotostudio Hosenfeldt in Wuppertal hergestellt.